D1483860

Los sordos

Rodrigo Rey Rosa

Los sordos

ALFAGUARA

©

© 2012, Rodrigo Rey Rosa
© De esta edición:

Santillana Ediciones Generales, S. A. de C. V.
Av. Río Mixcoac 274, Col. Acacias,
México, D. F., C. P. 03240, México.
Teléfono 5420 7530
www.alfaguara.com.mx

ISBN: 978-607-11-2112-7
Primera edición: agosto de 2012

Diseño:
Proyecto de Enric Satué

© Cubierta:
Gallery Stock

Impreso en México

PRISA EDICIONES

Pero ¿cómo el poder oculto se las arregla para designar, contar o confinar a quienes ha condenado?

MAETERLINCK, *La vida de los termes*

Nota del autor

Es posible, es deseable, que dentro de unos años los lectores no recuerden el significado de algunas expresiones que aparecen en estas páginas de ficción y que son comunes en el habla guatemalteca actual. Las PAC (Patrullas de Autodefensa Civil) fueron creadas por el Ejército de Guatemala como parte de la política contrainsurgente. Sólo entre 1982 y 1983 se involucró en éstas a más de un millón de campesinos, en su mayoría indígenas mayas de quince a sesenta años de edad. Así se constituyó un ejército de civiles que acabó con el sistema de autoridad indígena y se convirtió en una forma de control de las comunidades mayas. Quince años después de finalizado el proceso de disolución de las PAC, las acciones de estos exparamilitares (exPAC) aún afectan a las comunidades rurales guatemaltecas. Kaibiles se llaman los soldados de élite del Ejército de Guatemala adiestrados para llevar a cabo operaciones especiales. Amnistía Internacional ha registrado múltiples denuncias sobre violaciones a los derechos humanos perpetradas por exkaibiles. Como la trama lo exigía, hice una somera investigación (procedimiento que suelo eludir) para llegar a conocer, siquiera de forma rudimentaria, el milenario sistema de justicia maya. Me complace agradecer, por sus generosas y pacientes explicaciones, a José Ángel Zapeta García, tata de Totonicapán y estudiante de Leyes en la Universidad de San Carlos de Guatemala, y a Juan Tzoc Tambriz, que me recibió junto con otros tatas en su despacho de la Casa de la Autoridad Ancestral Maya de Nahualá, que es posiblemente el sitio originario del *Título de los señores de*

Totonicapán (1554) y uno de los centros más importantes de jurisprudencia maya. El *tz'ite'* es el «envoltorio sagrado» que debe consultarse antes de entablar un juicio o iniciar una curación; el *solonik,* una práctica jurídico-espiritual que podría traducirse como «deshacer los nudos». También debo agradecer a mis amigos y familiares que han servido como modelos —o médium o vehículos— para soñar los sueños dirigidos que son la sustancia de este prolongado ejercicio de imaginación.

Prólogo

En San Miguel Nagualapán había tres kichés de condición humilde —una anciana y sus dos nietos— que viajaban todas las semanas a la laguna para vender metates en miniatura a los turistas. Como el padre había emigrado al Norte y la madre abandonaba periódicamente a sus hijos para ir a cortar café en una finca de la costa, la abuela paterna, que era viuda, cuidaba de ambos niños.

El niño era sordo y había perdido el dedo índice de la mano izquierda. Él mismo se lo cercenó al errar un golpe de cincel, mientras labraba una piedra volcánica para hacer un metate. La niña, de tres años, solía viajar a espaldas de la vieja envuelta en un perraje, a la manera de los kichés.

Andrés se comunicaba con su abuela por medio de un lenguaje de señas conocido desde siempre en la región, donde la sordera no es motivo de vergüenza. «Tienen poderes —decían algunos—. Conocen otros mundos, los sordos».

Su mundo era riquísimo en sensaciones, entre las cuales el cariño envolvente de la abuela, que se desvivía por él, era una de las principales. Era un lugar lleno de formas, olores y sabores, pero sin sonidos, pues su oído interior también era inexistente.

Había nacido en un día *chuen,* el día del Mono. Ésa era su suerte, su agüero —habían dicho los tatitas, los nahuales. Era hábil para todo tipo de oficio, artístico o no, y de genio amigable, como los monos, despreocupados y graciosos, pero también prudentes, maestros de imitar cualquier cosa, decían.

Los jueves y los domingos, días de mercado, solían hacer el viaje a la laguna rodeada de volcanes. Con las piedras de moler en un matate, los kichés bajaban muy temprano por el sendero que llevaba de la aldea a la carretera, y tomaban el transporte de las seis, un viejo autobús escolar pintado con los colores y los nombres locales, para bajarse en Tierra Blanca o Los Encuentros, donde se bifurcan los caminos. Allí subían en un picup que los llevara a uno de los pueblos de la laguna, donde había toda clase de turistas o *kaxlanes,* como llaman los kichés a la gente de piel clara. En su lenguaje de señas, la abuela le había explicado a su nieto que venían de otra parte del mundo y que eran como fantasmas: poderosos, caprichosos y a veces malos —como los que se habían apropiado de las tierras de los abuelos y las abuelas y los habían obligado a enterrar sus ídolos y quemar los lienzos con figuras que contaban sus historias, o los que desentrañaban la Tierra para sacar metales preciosos. Pero también había otros que podían convertirse en amigos —o que al menos compraban sus pequeños metates, transportados trabajosamente hasta el mercado.

Un domingo por la mañana a mitad de diciembre, el picup sobrecargado en que viajaban por el tortuoso camino de San Marcos se encontró, en una curva, con un remolque volcado. Para evitar embestirlo, el conductor dio un frenazo y un viraje demasiado brusco; el picup quedó llantas arriba a un lado del camino. La niña resultó muerta. La abuela, que perdió momentáneamente la conciencia, la recuperó en un puesto de salud en Sololá, adonde la llevaron en una ambulancia improvisada con otros campesinos malheridos. Pero Andrés, el niño sordo, desapareció.

Primera parte. Los sordos

Guardaespaldas

1

A media tarde, don Claudio bostezó.

Alzó la vista para mirar por la ventana del estudio, un cuarto amplio con anaqueles y archivadores en dos paredes y una computadora —que apenas usaba— en un rincón. La ventana daba a un patio rebosante de plantas tropicales: aloes, filodendros y orquídeas que enmarcaban una curiosa fuente de piedra de lava (seca desde hacía por lo menos cinco años), obra de su hija Clara.

Había legado en vida a sus dos hijos una pequeña parte de su fortuna, que era inmensa. Existían ya tres testamentos; en cada versión nueva la parte que dejaba al varón había ido reduciéndose. Ahora, lo había decidido, iba a legar lo que quedaba (salvo una especie de diezmo destinado a la beneficencia vasca y una reserva personal para los pocos años que aún tenía por delante) a su primogénita Clara. Para no dar al fisco más dinero del que había tributado ya, haría el traspaso en vida y en forma de acciones, aunque según sus nuevos abogados ésta era una maniobra de dudosa legalidad. Pero al respecto —había decidido— no había nada más de que hablar.

Estaba cansado. La amable tiranía ejercida sobre sus familiares y empleados había durado más de cinco décadas. Ignacio, el varón, había optado por un alejamiento pacífico de la casa paterna, mientras Clara soportaba el yugo en silencio y con resignación filial.

—Pero no, papá —le dijo.

—¿No? ¿No, qué? Tú harás lo que quieras con todo eso. Puedes regalárselo al vago de tu hermano, si te place. Pero cuando yo esté muerto, ¿está claro?

—No entiendo —dijo Clara.

Tenía hambre y estaba de mal humor. El dolor de la cadera, que se haría operar dentro de poco, lo atormentaba. Continuó:

—Lo hago para liberarte. De este país, sobre todo, que ya no es lugar para vivir. (Ni para hacer fortuna decentemente, como la había hecho él, pensó.) Si no fuera tan viejo, y si tu madre estuviera aún, nos iríamos a otra parte. No lo dejo por escrito, pero debes saber que mi deseo es que una vez me hayas enterrado, te vayas de aquí.

Los ojos de Clara se llenaron de lágrimas.

2

Revisaba cuentas sentado a su escritorio, una gran mesa de caoba, y de pronto sintió como si su difunta esposa, Catalina, hubiera detenido su andador detrás de él para inclinarse sobre sus hombros. Trazó dos líneas rojas debajo de una figura de ocho dígitos y alzó los ojos al reloj que tenía enfrente.

«¿No quieres dejar eso? La comida está servida», habría dicho Catalina.

Guadalupe, la sirvienta, una mujer bajita y regordeta envuelta en su corte mam azul marino, apareció a la puerta. Traía en una mano un teléfono inalámbrico de modelo obsoleto que, desde que el anciano usaba celular, ya casi nunca sonaba.

—Lo buscan, don Claudio —dijo.

A sus ochenta cumplidos, don Claudio seguía siendo un hombre de intuiciones. Lo que sintió al recibir el aparato de manos de la pequeña Lupe no presagiaba nada bueno.

«Diga.»

«¿Claudio Casares?»

«¿Quién lo busca?»

Un clic, la línea muerta.

—¿Quién era? —quiso saber la sirvienta.

—Nada. Un payaso.

—Uno más, querrá decir.

Don Claudio trazó otra línea roja debajo de otra figura. Cerró el libro de cuentas y, lenta y dolorosamente, se puso de pie para tomar el andador que Guadalupe había puesto a su alcance. Andando despacio, un paso ahora, otro después, salieron al corredor y se deslizaron por el suelo de parqué de cedro y palo blanco hacia el pantry, que estaba más allá de la cocina.

«Me preocupa —solía decir la difunta cuando hablaban de Clara—. Está tan sola».

«Ella eligió esa vida. No podemos cambiarla.»

«Si al menos tuviera un hijo —solía insistir—. Pero ya es un poco tarde».

Acerca de esto no la contradijo nunca.

Se sentó a la mesita circular del pantry y la pequeña Lupe le sirvió la sopa. Tomaba cucharada tras cucharada en silencio, cuando el teléfono volvió a sonar.

—¡No vayás a contestar! —le gritó don Claudio a Lupe, y agregó en voz baja—: Quiero cenar en paz.

El timbre sonó varias veces todavía, y luego el silencio lo envolvió.

«Voy a suprimir ese teléfono», dijo entre dientes después de un momento.

3

Estaba solo en el estudio. Tomó su celular, que había dejado sobre el libro de cuentas, y marcó el número de Clara, pero no obtuvo respuesta. «Necesito hablarte», dijo al buzón de voz.

Una gota de rocío se deslizó hacia abajo por la pendiente verde de una hoja de falso jengibre, y a su paso engulló otra gota con una voracidad animal. Resultó una gota más gorda, que siguió descendiendo para engullir más gotas en el camino hasta formar una pequeña serpiente cristalina, que siguió descendiendo cada vez más deprisa hasta precipitarse por el ápice de la hoja inclinada.

Clara llegó tres horas más tarde.

—Te tomaste tu tiempo.

—Estaba en la U.

—Claro. Es lo más importante.

—Tenía exámenes.

—Está bien. Pero siéntate, si tienes tiempo.

—¿Se siente bien? —le dijo Clara.

—Estoy bien —se miró la cadera—. Me duele, sí, pero no más que antes. Es de otra cosa de lo que te quiero hablar.

—Lo escucho.

Adoptó de pronto la actitud magnánima. Los rasgos de su cara, grande y redonda, se relajaron plácidamente cuando dijo:

—He pensado mucho en lo que te voy a pedir.

La observó echarse hacia adelante en la silla de oficina, la mirada atenta.

—Hoy hubo más llamadas.

—¿Amenazas?

El viejo asintió. Dijo:

—Tu madre se preocupaba mucho por ti. La entristecía que estuvieras tan sola.

—Lo sé. ¿Qué puedo hacer? —un leve gesto de tristeza.

—Yo también me preocupo.

Clara movió la cabeza dubitativamente.

—En verdad. Quiero que me hagas un favor.

Un momento de silencio. Iba a refugiarse en su interior, pensó, iba a cerrar las compuertas.

—Quiero que consigas a alguien que te cuide.

Clara sonrió. Dijo:

—¿Un guardaespaldas?

—Un esposo sería más de mi agrado —bromeó—, pero está bien, por de pronto, un guardaespaldas.

—No, papi.

—¿No? Te estoy pidiendo un favor, Clara —había visto venir este momento; no lo deseaba—. Sí, un favor —no elevó la voz; era un tirano, pero amable.

—Y si no acepto —dijo Clara—, ¿tiene cola?

El viejo asintió. Clara se quedó mirando un rato la fuente seca del otro lado de la ventana.

—Está bien —dijo después, y miró a su padre, la boca ligera, inadvertidamente retorcida—. Gana usted.

Había rabia —pensó el viejo— en esa voz.

—Pero yo voy a escogerlo —agregó Clara.

—¡Y ahora ganas tú! —dijo él con excelente humor.

II

1

Era una tarde tranquila y todavía quedaba un poco de luz rojiza en el cielo entre las bases de los conos de tres volcanes. Los invitados estaban en el pórtico.

Chepe, un guardaespaldas alto, de piel oscura, un poco entrado en carnes y bien afeitado, escuchaba. Estaba de pie junto a la puerta principal.

—Buenas noches —dijo el jefe, en su papel de anfitrión, y abrazó a la mujer de su amigo, y luego al amigo.

—La puerta estaba abierta —dijo ella—. Chepe nos abrió el portón.

Había un micrófono en el comedor, y Chepe tenía un audífono inalámbrico en la oreja. A través de sus anteojos oscuros también vigilaba el jardín de enfrente y el portón de entrada, iluminados ya con potentes reflectores. Abajo, a ambos lados de la calzada que dividía el jardín, otros guardaespaldas formaban dúos o tríos junto a los suntuosos automóviles de los invitados.

—En la mesa están las boquitas; en el bar, los tragos —dijo el jefe.

—Putos, magníficos volcanes —dijo un invitado, que los admiraba por las vidrieras del balcón occidental.

Los otros se rieron.

—Putos, sí —dijo una mujer, y Chepe se volvió a ver quién era—. ¿Saben? Yo creo que en realidad este país es como es por culpa de esos volcanes. ¡Nos controlan! —exclamó—. O alguien nos controla desde allí —dirigió la vista al más alto de los tres.

Los hombres se miraron entre sí.

—Es posible, Clarita —le dijo el jefe—, pero yo creía que ya no se te ocurrían esas cosas. ¿No dejaste de fumar?

—No te burlés —respondió Clara—, yo presiento cuando algo malo va a pasar, y estoy sintiéndolo ahora. Te lo digo desde lo más profundo de mi ser, es algo que sé que tiene que ver con esos volcanes.

—Por qué no —dijo su compañero—, sabemos que emiten gases todo el tiempo —hizo una mueca, se rió.

—Pueden burlarse —dijo Clara—. Pero yo sé que algo va a pasar. Tal vez ya está pasando, y no nos damos cuenta.

Ahora fue ella quien se rió, y los hombres se quedaron perplejos. La mujer había dejado escapar un gas, que produjo un silbido finísimo.

—¡Genial! —dijo el anfitrión—. Eso es el colmo de la franqueza, querida.

—Sos un mula —le dijo Clara—. Fue completamente sin querer. Lo juro.

Chepe había oído el incómodo sonido.

—¿Me puse roja? —quiso saber ella.

Chepe sintió una curiosa excitación. Pero Clara no era precisamente su tipo, por demasiado flaca. Tenía unos glúteos prominentes; bastaban para explicar su atractivo.

En la carretera que subía por la montaña, un remolque hizo sonar su bocina de barco. Chepe recorrió el jardín una vez más con la mirada. De pronto, Clara estaba frente a él. Se irguió y la saludó con un leve movimiento de la cabeza.

—Doña Clara —dijo—, buenas noches.

—Hola, Chepe —contestó ella, sonriente—. No sé cómo podés estar todo el tiempo con esos anteojos, muchacho.

A Chepe le gustaba el perfume que llevaba. Tenía un olfato muy fino. Era —y no lo olvidaba— un perro guardián. «Ya no fuma. Salió a tirarse otro», pensó, mientras la veía dar una vuelta por la terraza.

Otros invitados llegaron; Chepe los saludó con sequedad, los dejó entrar. Clara se le acercó otra vez.

—Necesito un favor, Chepito.

—Con gusto, señorita.

—Podés decirme Clara.

—Como usted diga.

—Vas a recomendarme a un muchacho como vos. Listo, presentable, respetuoso —dijo, y agregó—: Y que no sea un exPAC, ni un exkaibil. Ah, ni un evangélico. ¿Sabés de alguien?

—Creo que sí —se apresuró a decir.

—Ya tengo tu número, y vos el mío, ¿no? ¿Hablamos luego?

Se dio la vuelta y se fue, contoneándose, hacia el primer grupo de bebedores, que hablaban a gritos. Alguien pidió música. Comenzó el baile.

Chepe, desde un cubículo contiguo a su dormitorio, sentado a una mesa con controles electrónicos, escuchaba conversaciones. Su jefe y sus viejos amigos bromeaban, como de costumbre, acerca de sus antepasados y los orígenes de sus considerables fortunas. «Nosotros —dijo el jefe— no explotamos indios. Explotamos ladinos. *Hay* una diferencia». «Pero aquí prácticamente sólo hay indios, con o sin traje, pero *indios*», objetó el amigo. «Tal vez —replicó el jefe—. Pero los indios indios siguen saliendo más baratos, no lo vas a negar».

A eso de las dos cesó la música y los invitados comenzaron a marcharse. Chepe se levantó y fue hasta la cocina, sin dejar de oír las voces por el auricular. Nada de sospechoso, nada que al guardaespaldas, profesionalmente paranoico, le pareciera extraño o amenazador.

Desde la puerta principal una invitada gritó: «¡Nos vamos, Ramón! ¡Muchas gracias por la fiesta!» —y detrás de ella salieron todos al vestíbulo. El jefe, después de despedirlos —«Se van con cuidado», repetía una y otra vez—, se puso a apagar luces y a encender alarmas.

Guatemala estaba llena de cobardes, se dijo Chepe a sí mismo mientras bebía un vaso de agua en la cocina. Era por eso que el coraje se había convertido en una profesión tan bien pagada. Era un pensamiento grato para llevárselo a la cama.

Solía despertar al amanecer. Se quedaba un rato escuchando los ruidos familiares: los gorriones, los gallos de la barriada barranco abajo, la moto del periódico, que subía con esfuerzo por la calle empinada, un avión que aterrizaba o despegaba en la pista de La Aurora.

Su cuarto estaba más allá del garaje, en un ala añadida a la vieja casa, que el jefe había heredado de sus padres. Tenía una cama tamaño imperial, un pequeño escritorio, una bicicleta estacionaria y un juego de pesas. No se podía quejar.

En el cubículo adyacente, cuya puerta solía dejar abierta, empotrados en la pared del fondo, estaban los monitores de vigilancia que servían para controlar el garaje y el portón; el área del vestíbulo; el corredor principal; la sala; el balcón; las puertas jardineras. No se veía a nadie.

Hizo un poco de gimnasia, se duchó y se puso el reglamentario traje de dos piezas, los anteojos oscuros.

Desayunaba solo. La sirvienta, doña Ana, dejaba naranjas lavadas para el jugo, pan para tostar y café en la cafetera americana. Después de cortar las naranjas y encender la cafetera, rompió un par de huevos y se puso a revolverlos, pensando en la noche anterior. ¿A qué amigo sin trabajo iba a recomendarle a doña Clara? ¿O se pondría él mismo a su servicio? Pensó en un petenero, buen amigo. Pero había sido kaibil, era verdad. Camilo podía ser, también. Su jefe, un abogado, vivía en el extranjero desde hacía algún tiempo y, aunque trabajaba muy poco, necesitaba ganar más dinero, pero no había manera de que le subieran el sueldo, se quejaba.

Puso los huevos en una sartén sobre el fuego y comenzó a exprimir naranjas. Hacía meses que no iba al políbono, pensó. Debía ir pronto. Recordó a Igor, el instructor de tiro, expolicía. ¿Para Clara? No. Las naranjas estaban acidísimas; la estación había terminado. Aun así, se bebió todo el vaso, que le produjo un ligero ardor en la boca del estómago. Tostado el pan, le untó mantequilla lentamente. Recordó a su sobrino, Cayito, que vivía con su hermana en Jalpatagua. ¿No era muy joven todavía?

Por la puerta de la lavandería apareció doña Ana, una mujer corpulenta y de aspecto señorial. Dio los buenos días a Chepe, dejó frente a él los periódicos del día y encendió el televisor. Comenzaba *Soy tu dueña*, la telenovela.

—¿No durmió bien? —le preguntó la mujer.

—Dormí bien, pero no mucho.

—Usted no tiene por qué fregarse hasta el final de las fiestas —le recordó en tono maternal.

—No me quedé.

—Pero se quedó escuchando, ¿verdad? —siguió ella con una sonrisa, que desapareció rápidamente.

—Tiene razón —le dijo Chepe; «Impera impunidad», decía un titular.

Para cuando el jefe se levantó, Chepe había leído los periódicos, horóscopos incluidos; su signo y también el de su jefe, a quien los astros auguraban un domingo tranquilo. «Volverás a creer en la magia», decía el suyo.

«Buenos días, Chepito —dijo la voz del jefe por el inalámbrico—. Clara acaba de llamar. Está esperando que le hablés, me dijo. Yo no voy a salir hoy. Quiero que vayás por verduras a la finca (quedaba a una hora de la capital). Luego estás libre».

Chepe marcó el número de Clara en su celular.

«Sí, doña Clara —le dijo—. Ya pensé en alguien. Un sobrino que tengo en Oriente».

En verdad —pensaba Chepe camino de la finca— no importaba que Cayito, a sus veinte recién cumplidos, fuera un poco joven para el oficio; necesitaba trabajar. Encarnación, la hermana de Chepe, era madre soltera. Mes tras mes, Chepe depositaba quinientos quetzales a la cuenta de su banco en Jalpatagua, y con eso y con lo que ganaba como lavandera, la mujer sobrevivía. Pero el costo de la vida había subido tanto tan rápidamente que Chepe se preguntaba cómo se las podía arreglar.

Cayito era un muchacho alto, delgado y una pizca estrábico que soñaba con ser ganadero. Lo llamó a su celular desde la finca, sentado cómodamente al volante de un todoterreno, mientras un mozo cortaba verduras y naranjas para el jefe.

2

Cayetano era el menor de los Aguilar Alamar de Jalpatagua, que está en tierra caliente. Gente seca y rehecha (sangre morisca corría por sus venas), los Aguilar eran «pobres —pero no tanto». Poseían un poco de tierra, un jeep Willys destartalado y unas cuantas gallinas —además de gatos, sinsontes y un loro real. El hermano mayor de Cayito, pistolero, había dejado el pueblo en busca de trabajo; fue muerto en un tiroteo, decían. La hermana había sido reina de belleza del pueblo, donde la belleza no era rara. Poco después de la coronación se había enamorado de un hombre de la capital, y había desaparecido. Las malas lenguas sostenían que su profesión era el sexo. Llegaba a la casa sólo para las fiestas, a veces cargada de regalos caros —o al menos vistosos— para su madre y Cayetano.

El padre de Cayito había muerto antes de que el niño aprendiera a hablar. Conocía su cara por las fotos viejas que su madre guardaba en un cajón del mueble de costura, junto con unos recortes de prensa y un misal. «Agente de la Policía Nacional involucrado en el asalto fue abatido por agentes de seguridad privados de la entidad bancaria», decía el recorte con la foto de su padre, tendido frente a una agencia de banco, el pecho ennegrecido por la sangre. Alguien había escrito al lado en letras grandes: «¡Mentira!».

Nadie hablaba nunca de todo eso.

Cuando su celular sonó, Cayetano estaba tendido al sol en el balneario de las cuevas de Andamira, adonde había ido a media mañana en el viejo Willys por un angosto camino de tierra. Aún no había entrado en el agua tibia y oleaginosa, y se alegró al oír la tonada mexicana en el teléfono: era el tío Chepe. Sacó rápidamente el aparato del bolsillo de su camisa, que había colgado en el respaldo de una silla prudentemente alejada de la piscina natural. «Aló, tío.» Un tábano fue a posarse en la mano que sostenía el celular; lo ahuyentó con la otra y se quedó mirando al insecto, que, lo preveía, atacaría una vez más.

Del otro lado de la piscina había varias mesas con sombrillas. Un grupo de bañistas se había instalado allí. Irina, una muchacha de ojos claros que le gustaba a Cayo, estaba entre ellos. Sus miradas se cruzaron. Cayo la saludó con una mano; luego bajó los ojos para concentrar la atención en su tío, pero la presencia de Irina lo perturbaba.

El tío preguntó por Encarnación.

—¿Y vos, estás chambeando? —quiso saber después.

—Aparte de las cosas de la casa, aquí no se encuentra trabajo, tío.

—Pero ¿querés trabajar?

—Usted sabe que sí.

—Hay un buen puesto, acabo de enterarme. Pero tendrías que venirte a la ciudad. Y cargar fierro.

Mientras reflexionaba, el tábano volvió al ataque. Su madre no iba a estar contenta, si la dejaba sola; menos aún si había que andar armado, pensó. Esta vez el manotazo del muchacho derribó al insecto. Le puso la bota encima y ejecutó un movimiento de bailarín de salsa para dejarlo untado en el suelo de losa.

—No es que me raje, tío, pero usted sabe cómo es mi mamá.

—La decisión es tuya, Cayito. Ya sos mayor de edad. Ella va a querer lo que sea mejor para vos. La paga es buena, ya te dije. Es un trabajo honrado como cualquier otro —soltó una risita— sólo que menos cansado.

—Sí. Pero las armas, ella les tiene cuento, usted sabe por qué.

—Pero es mujer. Es lo normal. Sería una huecada que por eso dejaras pasar un chance así.

—No le he dicho que no todavía.

—Voy a hablarle yo también. Tiene que entender. Vas a cuidar a una doña. ¡Ya quisiera yo una jefa así, pizarrín! No te vayás a lentear.

—Gracias, tío.

Cayo colgó y levantó el pie para observar el cadáver del tábano; lo único reconocible era una alita traslúcida.

Se quitó las botas, y un mal olor intenso llegó hasta sus narices. Miró al otro lado de la piscina. La muchacha le daba la espalda mientras conversaba con algún amigo. Se sacó los pantalones para quedar en calzoneta y volvió a tenderse al sol sobre su toalla, que estaba raída. Con los ojos cerrados contra la fuerte luz (a través de sus párpados era de un rosado intenso con vetas luminiscentes) fantaseó acerca de su vida futura como guardaespaldas de una mujer rica en la Ciudad de Guatemala. La risa de Irina llegaba hasta él mezclada con las del grupo en la otra orilla. Se sintió infeliz. Voy a tomar esa chamba, pensó. Se levantó, y vio la mancha de humedad que su cuerpo dejó en la losa debajo de la toalla. En lugar de meterse en el agua tibia, como los otros, decidió subir a la pequeña poza fría que estaba unos cien metros colina arriba. Allí no había nadie a aquella hora, vio con alivio. Se desnudó completamente, mientras una lagartija color esmeralda lo observaba desde un saliente en la roca, y entró en el agua helada para nadar de un lado a otro entre las piedras, exultante de placer con el frío del agua en cada poro y la fuerte luz del sol en la cara. Al salir otra vez, mientras se vestía, echó una mirada de despedida al valle, que parecía vibrar de calor, y a la cascada blanca de agua petrificada.

Pocos días más tarde tomó el autobús de la mañana a la capital, adonde llegaría pasado el mediodía. Al terminar un almuerzo ligero de pata de pollo, aguacate y tortillas que consumió a mitad de camino, cuando el autobús comenzaba a descender por el lado occidental de la sierra, dejó de pensar en su madre, que le había entregado entre sollozos la comida envuelta en un limpiador. Llevaba poca cosa en su mochila: una mudada, una linterna, su partida de nacimiento, el diploma de bachiller y el certificado de antecedentes penales que el tío le pidió que no olvidara. Cayetano tenía una pistola vieja, pero la dejó escondida en un agujero secreto, detrás de un ladrillo falso, en uno de los muros de su habitación.

En la terminal de autobuses el tío, que vestía el inevitable traje oscuro de dos piezas, la camisa blanca y los anteojos oscuros, le dio la bienvenida con un abrazo rápido y le preguntó por los papeles.

—Muy bien. Vamos a conseguirte el fierro y la licencia —le dijo—. Hay tiempo todavía.

Cayetano, un poco aturdido, subió a una blazer Tahoe color negro con vidrios polarizados, y cuando las puertas se cerraron se sintió sumergido en una irrealidad como líquida y oscura. El interior del auto olía a cuero bien curtido. Chepe encendió el motor, que casi no hacía ruido, y el acondicionador de aire empezó a zumbar. Hizo girar el volante, y fue entonces cuando Cayetano vio la nueve milímetros cromada que llevaba al cinto. Chepe se llevó una mano a la oreja, donde tenía un telefonito auricular.

Era la primera vez que visitaba la ciudad, y ahora, a través de aquellos vidrios gruesos y opacos, la veía pasar a gran velocidad a ambos lados de la Tahoe que su tío conducía con pericia.

—En este chance —le decía—, más que pistolero vas a ser piloto, Cayo. Preferís que te diga Cayo en vez de Cayito, ¿no? Queda mejor.

—No me importa, tío —se acomedió a decir.

—¿Tenés licencia, no?

—Desde hace unos diítas.

Doblaron a la derecha. En un muro blanco a lo largo del cual hombres de edades varias hacían una nutrida fila que contorneaba la manzana, leyó las siglas DIGE-CAM, pintadas en grandes letras negras.

—Aquí dan las licencias para portar arma —dijo el tío, y siguieron rodando—. Vas a tener que retachar un día de éstos.

Entraron en una avenida muy amplia con arriates en el medio y grandes árboles y estatuas en los carriles laterales. Altos edificios de aspecto opulento —fachadas de vidrio dorado o azul, donde se reflejaba el cielo con nubes— se alzaban a ambos lados.

—Ya vas a ver —le dijo el tío—. Le vas a agarrar gusto.

—¿A qué?

—A esta vida. El trabajo, doña Clara, la ciudad.

Doblaron a una callecita angosta que parecía pertenecer a un tiempo distinto del de la avenida que acababan de cruzar, un tiempo más parecido al que se vivía en el pueblo. Un árbol de níspero en un jardín alargado, un banano. Una ventana con rejas, una planta de datura en flor. Volvieron a doblar a una calle ancha y se detuvieron frente a un edificio moderno e imponente.

—Aquí estamos —dijo el tío—. Pará bien las orejas.

Se anunciaron en una garita de seguridad, el guardia tomó un teléfono y, sin dirigirles la palabra, abrió la puerta de hierro con un control eléctrico. Doblaron de nuevo y bajaron por una rampa de hélice a un sótano mal iluminado, donde los ojos de Cayetano no alcanzaban a distinguir casi nada a través de los vidrios oscuros. Chepe encendió los reflectores del auto. Siguieron bajando describiendo espirales.

Estacionaron, y los cerrojos de la Tahoe produjeron un *bip,* las luces parpadearon. Subieron en elevador hasta el onceavo piso, donde los esperaba la señora. La puerta del apartamento estaba abierta de par en par detrás de ella —un ventanal se veía más allá. Cayetano se sintió deslumbrado. Encima del marco de la puerta había una camarita de seguridad.

Chepe los presentó («Doña Clara», «Cayo, mi sobrino») y ella le dio la mano a Cayetano.

—Encantada —dijo—. ¿Cuál es su verdadero nombre? Ah, qué bonito, Cayetano. —Él nunca había oído una voz como aquélla; baja, bien modulada.

Pasaron al interior.

—Es mi ahijado, el hijo menor de mi hermana. Yo respondo por él —decía Chepe.

—¿Qué hace ella, tu hermana? —quiso saber la señora.

—Es lavandera. Sufrida, la mujer. Yo, siempre que puedo, les echo una mano.

Los invitó a sentarse en los sillones de la sala más allá de unas plantas y una estatua —¿un ídolo?, se preguntó Cayetano— de madera dorada. El asiento era grande y mullido. Sintió que se hundía.

—¿Cuántos años tiene, Cayetano? —le preguntó la mujer.

—Veintitrés.

—Parece más joven. ¿Qué estudios ha cursado?

—De bachiller nomás.

Chepe explicó que haría falta conseguirle la licencia para portar armas y una buena pistola. El muchacho era un tirador temible, aseguró.

—Antes de un mes —dijo—, será un escolta en toda regla, doña Clara. Tiene que trabajar un poco en la apariencia, tal vez —bromeó.

Ella objetó también jocosamente:

—No quiero que se vea como vos, Chepito. Pero de eso me voy a encargar yo —dijo. Volvió a mirar a Cayetano—. Los lentes oscuros, mijo, sólo cuando estemos al sol.

Cayetano asintió.

Chepe dijo:

—Usted manda —se tocó el auricular, como solía hacerlo por reflejo.

—Yo no me siento amenazada; pero mi padre sí —comenzó a decir la mujer—. Él me lo pidió, y ni modo. Es por él que voy a contratarlo —le dijo a Cayetano—. De hecho, él le pagará y todo eso. Tendría que vivir aquí, supongo —se quedó pensativa.

—Muchas gracias —dijo Cayetano, muy serio.

—Ya ve, doña Clara —dijo Chepe con aire satisfecho.

Luego, quedaron en que al día siguiente Cayetano iría a instalarse en el apartamento, en el cuarto destinado a la sirvienta, que no dormía allí.

Salieron del estacionamiento público a la luz. El tío dijo:

—Mirá si tenés suerte. Hasta cuarto te va a dar. Es un poco raro, en un apartamento, pero sucede, ya viste. Aprovechala, esa suerte, que se puede acabar. Y no vayás a malearte, ¿entendés? En esta chamba vas a conocer a toda clase de gente. Tu trabajo requiere tres cosas. Atención constante. Constante control de tu prepotencia, que viene con el fierro. Y, lo más difícil, y fijate muy bien: vas a renunciar a la exigencia de respeto. Aquí no es como en el pueblo. Para la gente, sos como un perro. O peor. Eso es lo que necesitás, y un buen par de huevos siempre en su lugar. Pero ésos yo sé que los tenés.

Cayetano sintió que la sangre le calentaba la cara.

—Gracias —dijo.

Cenaron temprano en una churrasquería cerca de la pensión San Jorge, donde Chepe le había reservado un cuarto.

—Ahora mirá —dijo Chepe de pronto—. Si llegás a cogerte a doña Clara, yo te capo. ¿Oíste?

Cayetano miró su trozo de carne y se sonrió con cierta incomodidad.

—Hombre —dijo el otro—, lo decía en broma —soltó una carcajada.

Cayetano pasó una noche pésima en la pensión. («Estás en la trece avenida de la zona nueve, por si te per-

dés —le había dicho el tío al despedirse, después de cenar—. ¿A las ocho aquí mañana?».)

A medianoche lo despertaron los gritos y risas
de un grupo de jóvenes. Borrachos o drogados, pensó.
A las tres, abrió los ojos de nuevo. La alarma de algún
auto sonaba intermitentemente. Estuvo dando vueltas
en la cama, entró y salió del sueño varias veces. A las
cinco, cuando el cielo de la ciudad comenzaba a cla-
rear, se levantó. Bajó a la cafetería para desayunar, pero estaba cerrada todavía. Salió a la calle, donde los sana-
tes color ratón y los clarineros casi azules de tan negros
gritaban y revoloteaban por encima de los árboles. Hacía frío. Se abotonó la chumpa de jeans hasta el cuello
y, las manos metidas en los bolsillos del pantalón, anduvo a paso rápido calle abajo en busca de un sitio donde tomar una taza de café. Muy pocos autos circulaban
a esa hora. Dos barrenderos con chalecos fosforescen-
tes y escudos municipales barrían la basura de papeles
y botellas y vasos plásticos con enormes escobas. Un
hombre cuyo aspecto le hizo pensar en el tío Chepe
paseaba a un perrito chihuahua con una correa Kevlar.
Cuando pasó a su lado, Cayetano le dirigió un saludo,
pero el otro no le hizo caso. Siguió andando, ofendi-
do. «No tiene modales, la gente de la ciudad», le había
dicho su madre con razón. Había que acostumbrarse.
Dos cuadras más adelante encontró una tiendecita; la
caótica variedad de productos en venta —desde chicles
hasta máscaras de luchador— recordaba a las del pueblo. Entró y compró un jugo de frutas, tostadas con frijoles y un café. Se sentó a desayunar a una mesita en un
rincón, y abrió el diario que alguien había dejado allí.
En la página central había una fotografía en color de
una rubia en bikini-hilo dental que anunciaba una marca de cerveza. En Jalpatagua no veía nunca los periódicos, reflexionó. Se puso a pasar las páginas. «Balean a
cuatro jóvenes...» «Mujer muere por impedir que des-

conocidos la ultrajen. Su novio fue baleado...» «Veintiún muertos en accidente en la carretera Interamericana...»

Pensó de pronto en Irina, la chica de Jalpatagua. Antes de irse había conseguido su teléfono. Tenía que llamarla —se dijo a sí mismo—, mantenerla interesada a como diera lugar. Dejó a un lado el periódico y pidió la cuenta.

Ahora en la calle había mucho más tráfico que antes. Anduvo un rato al azar, sintiendo el agradable calor del sol en la cara. Sacó el celular, marcó el número de Irina. Se activó el buzón de mensajes; colgó. Llamó a su madre.

A las diez menos cinco llegó Chepe en la Tahoe negra a recogerlo. Irían a blanquear, le dijo, sin explicar el retraso.

—Es mi cuate, el dueño del políbono. Antes te daban la licencia así nomás, los antecedentes limpios bastaban. Pronto pedirán algunas pruebas. Tal vez las están pidiendo ya. Para eso vamos a hablar con mi amigo. Igor se llama. Vamos a saltarnos unas bardas, Cayo. ¿O preferís hacer la cola?

—Pues no, tío.

—Muy bien.

Conducía rápido hacia el norte esquivando autos y peatones. Pasaron frente a una especie de castillo con altos muros grises almenados, torres de vigilancia y viejos cañones que apuntaban a la calle.

—Decoración —explicó el tío—. Era una brigada militar. Ahora es un museo.

Estaban ya en los arrabales, y comenzaron a descender por un camino retorcido hacia el fondo de un barranco de tierra gris.

—La bajada del zope —dijo el tío—. Así le dicen.

Cayetano no decía nada, veía el cielo perfectamente azul, un azul que parecía irreal, más oscuro e intenso que el de Jalpatagua.

Ya estaban en el fondo del barranco; el camino era recto y corría en medio de un cementerio de chatarra de tractores, grúas y cisternas de gas. Dos muchachas de jeans, playera y tenis negros, una flaca, gorda la otra, se quitaron del asfalto para dejarles pasar.

—Mareras de mierda. Tomá esto —dijo el tío, y le alargó una pistola—. Está descargada. ¿Sabés cómo accionarla? Desarmala.

Cayetano la tomó por la cacha, que era de plástico negro. Leyó en el cañón, negro también: HK Usp Expert. No conocía la marca. Tocó la uña extractora. Era un juego de güiros, pensó. La palanca de desarme hizo *clic*.

—Vas a hacerlo frente al instructor —lo interrumpió la voz del tío—. Quiero que te den la licencia hoy mismo, si se puede. Claro, confío en tu puntería también.

Cayetano sonrió por primera vez aquel día.

—Creo que puede usted confiar.

—Guardala, es tuya —dijo el tío cuando Cayetano quiso devolverle la pistola.

Después de desarmarla y volver a armarla con facilidad ante la mirada del instructor, dieron una vuelta por el polígono de tiro: un galpón compartimentado frente a un campito oblongo limitado en un extremo por la pared arenosa del barranco. La sensación usual al empuñar un arma y apuntar, ahora que lo hacía con orejeras antirruido, se vio intensificada. La distancia física era un simple efecto visual; el cañón del arma, su ojo derecho y el blanco estaban en contacto. El aire que se interponía entre el arma y la silueta negra en el fondo del campito era una película finísima que, refractada por los rayos de sol, causaba la ilusión de lejanía. Lo que separaba su ojo abierto del blanco era una parábola abierta hacia abajo y bien definida. Había vaciado el cargador de diecisiete cartuchos sin errar el tiro. Los otros pistoleros detuvieron sus prácticas para admirar la puntería del recién llegado, que insertó el segundo cargador y siguió disparando, mientras las siluetas alineadas en el fondo del campito iban cayendo y volvían a levantarse sólo para ser derribadas otra vez.

Mientras Cayetano cargaba de nuevo la pistola, hubo un momento de silencio. Una mariposa amarilla se posó sobre una de las siluetas que acababa de alzarse. Alguien dijo:

—¡A que no le das!

Levantó el arma, y el insecto echó a volar en ese instante. Se oyó el disparo y hubo un pequeño alboroto en el aire. La mariposa, un ala destrozada, cayó al suelo. Otro balazo la borró. Siguió una salva de aplausos.

Cuando se despedían, el instructor entregó a Cayetano una tarjeta de presentación. «Igor Canales, entrenador personal.»

—Te felicito, patojo —le dijo—. Ya sabés, si no te hallás como perro guardián —y miró a Chepe socarronamente—, yo podría ayudarte a pasar a perro de caza. Hay sitio de sobra en la fuerza, y en otras partes, para gente como vos.

Cayetano dio las gracias y metió la tarjeta en su billetera. Mientras Igor y el tío hablaban entre ellos, leyó en un letrero detrás del contador: «Cursos del Tigre. Plazas vacantes. Entre 18 y 45 años. Antecedentes penales y policíacos. Seguro de vida, pagos puntuales y capacitación constante. Disposición inmediata».

3

Mientras la Tahoe se internaba por el laberinto de calles y vehículos, se sintió liberado. Al trasladarse a la capital había dejado atrás, casi sin advertirlo, una forma de ver las cosas (¿o las cosas que veía ahora eran tan diferentes de las que solía ver en el pueblo que compararlas no servía para nada?). Se había adaptado inmediatamente, pensó con satisfacción. Ya no iba a volver a Jalpatagua más que para las fiestas, igual que su hermana.

Con la tarjeta que llevaba en la billetera, fue como si el poderoso influjo que su tío había ejercido hasta entonces sobre él hubiera disminuido. Si trabajar para la mujer rica (o para su padre) no le gustaba, podía unirse a la fuerza pública. Este pensamiento le hacía sentirse ingrato respecto de su tío, pero también le reconfortaba, así que, en lugar de apartarlo, dejó que diera vueltas en su cabeza.

—¿Adónde vamos?

—A comprarte ropa.

—¿Con qué dinero?

—Te voy a prestar.

—Pero tío...

—¿Algún problema?

—Me da pena.

—No te he felicitado por los tiros. Pero no sólo la puntería cuenta, ya sabés.

—Pero cuenta.

El tío señaló un edificio a su derecha.

—El Banco de Guatemala —dijo. Señaló a la izquierda—: La Municipalidad. Estamos entrando en la zona uno.

Cayetano miraba a derecha y a izquierda, leía anuncios y carteleras; no le decían gran cosa.

—Las calles van de oriente a occidente y las avenidas, de norte a sur —el tío le explicaba—. Estamos en la octava y catorce. Aquí es. Bajate, yo voy a parquear. Escogé un traje formal. Es el sastre de mi jefe. Torturaba guerrilleros —dijo—, pero eso ya es historia.

Cayetano se apeó y la Tahoe dobló la esquina con un rechinido de neumáticos.

Antes de entrar en la sastrería, miró calle arriba y calle abajo. Esta parte de la ciudad estaba sucia y parecía vieja, era distinta de lo que había visto hasta entonces. Había olor a orines en la acera. Las paredes de las casas, ennegrecidas por los gases de escape, estaban pintarrajeadas. «Salvemos a los niños», leyó en letras trazadas con *spray*. «Políticos de mierda.» «Policías asesinos.» «¡Fuera matones!»

Entró en la sastrería. Era un local con poca luz, mucho más profundo que ancho, y tenía el olor de las telas que, colocadas pieza sobre pieza, cubrían sus paredes. Un calendario religioso languidecía en el fondo, y desde algún rincón llegaba el suave sonido de un reloj de péndulo. Al final de un mostrador de madera carcomida, sentado en un taburete, estaba un hombrecito calvo de cabeza esférica, cinta medidora al cuello y lápiz detrás de la oreja. Llevaba anteojos redondos y leía una biblia. Cerró la biblia, se quitó los anteojos y levantó la mirada cuando Cayetano se detuvo frente a él.

—¿Un traje formal? ¿Algún oficio?

—Guardaespaldas.

El sastre le indicó que lo siguiera hasta el mostrador opuesto.

—Mirá. —Hizo girar un colgador circular, y Cayetano se quedó mirando un tiovivo de trajes de colores más bien fúnebres—. Éstos son los de tu talla.

Escogió uno color mostaza. El sastre le ayudó a ponerse el saco y lo volvió hacia un espejo de cuerpo entero.

—Entrá allí y ponete el pantalón.

Estaba midiéndole las mangas para hacer ajustes cuando Chepe llegó. Hubo un intercambio de saludos.

—Llevate dos o tres, Cayito —dijo Chepe—. Aprovechá.

Cayetano no se había visto a sí mismo nunca en traje de dos piezas. La imagen en el espejo, alta y espigada, le agradó. Escogió dos trajes más, uno azul marino y otro gris. El sastre también parecía satisfecho; no serían necesarios más que dos o tres ajustes.

—Planchadito —dijo, y miró al tío—. No como este barrigón.

Cayetano no se rió. Dijo:

—Gracias, tío.

4

Acomodado ya en el cuarto de servicio del apartamento de Clara, mientras hojeaba los diarios, pensó en la posibilidad de su propia muerte retratada en una página amarilla. «Jefe de guardaespaldas muere a tiros en la zona nueve», decía un titular. En esa zona estaba la pensión de su primera noche en la ciudad, recordó. ¿El tipo del chihuahua? Pero el apartamento de Clara estaba en la catorce, y el catorce era uno de sus números de suerte, se alegró al hacer la reflexión. En las páginas culturales la fotografía de una estatuilla de cerámica le llamó la atención. «Hallan en Xela durante la excavación de un inmueble una figura masculina masturbatoria del periodo preclásico, según los arqueólogos.» Por qué harían una estatuilla de *eso,* se preguntó. Estaba esperando a que llegara Juana, la sirvienta, que sacaría el jugo de naranja y prepararía el café. Le habían pedido que no lo hiciera él. Juanita —como la llamaba doña Clara— era la responsable de los aparatos culinarios, y prefería que nadie más los tocara. Ella había prometido a cambio no entrar en el cuarto de él sino para sacar la ropa sucia y limpiar el baño.

Con la asesoría de Chepe instaló un juego de escuchas inalámbricas. «Hay que poner un micrófono en la cocina —le había dicho— y otros en la sala y en el comedor. El dormitorio de la señora y su baño son sagrados, ni pensés en poner nada allí, ¿ok?».

A este equipo, doña Clara había agregado una computadora con conexión a Internet. («Quiero que estés al día, Cayetano —le había dicho—. Y vas a aprender a hablar como Dios manda, ¿eh? Hay que decir polígono, por ejemplo, no políbono, como tu tío. Y tampoco se dice haiga, sino haya. Poco a poco vas a aprender.

Cuando vuelvas a tu tierra acuérdate de pronunciar las eses como haches y todo eso, pero aquí, si no quieres que te traten de huiteco, tienes que hablar como la gente».) Con su primera paga adelantada se compró un telefonito auricular, marca Jabra como el del tío, y un radio de transistores para oír noticias de Jalpatagua, lo que le gustaba hacer todos los días.

La noche anterior había conducido a la señora en su auto —un BMW último modelo color verde botella— a un lujoso restaurante, donde ella se reunió con un grupo de amigas. Era la primera vez que salían de noche, y ella le pidió que usara el traje azul marino. (De día ella prefería que se pusiera ropa informal, de modo que los otros trajes seguían sin estrenar.)

Cayetano acompañó a Clara hasta la entrada del restaurante y se quedó de pie en el corredor externo. Desde una ventana podía ver la mesa en la que el *maître* había colocado a las mujeres. Cerca de la ventana estaban tres hombres de pie junto al bar. Jirones de su conversación llegaban de vez en cuando hasta los oídos de Cayetano. Hablaban en una lengua extraña. Dos de ellos vestían trajes formales; el tercero, de pelo largo atado en una coleta, llevaba camisa deportiva y pantalones vaqueros. Decidió no darles la espalda. Se apartó de la ventana para hacerse invisible desde el interior.

Un poco más tarde, dejó de oír las voces —se habían alejado de la ventana. Se volvió para mirar dentro y, con un sentimiento de alarma mezclado con un principio de celos, vio que los extranjeros se habían acercado a la mesa de las mujeres. Todavía estaban de pie, pero pronto los invitaron a sentarse.

Ahora, mientras oía el zumbido del exprimidor eléctrico proveniente de la cocina, Cayetano recordó con desagrado la escena nocturna: los extranjeros bebiendo y bromeando con las mujeres. Sus voces llegaban muy débilmente hasta la ventana; hablaban en inglés. Una hora más tarde, cuando el restaurante estaba ya por cerrar, el grupo —entre risas y bromas— salió al corredor. Tuvo la impresión de que su jefa y el de la coleta concertaban una cita. Se despidieron todos con dos besos en las mejillas, y esto había extrañado tanto a Cayetano que, durante el trayecto a casa, pensó en preguntar el porqué. «Disculpe la curiosidad...», comenzaría. Pero se abstuvo.

5

En cierta ocasión, fue necesario desarmar la ducha del baño principal, que estaba obstruida. Con una llave de cangrejo, Cayetano siguió a Juana por un corredor con paredes cubiertas de libros que comunicaba con el dormitorio principal; el gran tamaño de la cama de la señora, con sus montones de cojines forrados de seda blanca de diferentes tonos, lo impresionó. En el baño, después de desarmar la ducha, tuvo que soplar con fuerza por la pichacha para que las piedrecitas blancas cayeran a sus pies sobre el piso de mármol rosado. Al pasar de nuevo por el corredor, se acercó a leer los lomos de algunos libros. Los títulos le dejaron en tinieblas, pero algunos despertaron en él una gran curiosidad.

Por la mañana ella tomaba cursos libres de varias asignaturas en una universidad privada, y él la acompañaba.

Uno de los inconvenientes de ser guardaespaldas —había pensado mientras se aburría esperando en el estacionamiento del campus— eran las largas esperas. Pero pronto la señora hizo lo atinado para mitigar este malestar: inscribió a Cayetano en calidad de oyente para que asistiera a las clases con ella. Sugirió que dejara su pistola en el auto; los otros estudiantes podían sentirse incómodos con un hombre armado en el aula. Además, puso a disposición de Cayetano los libros de su biblioteca, y fue así como él adquirió el gusto por la lectura.

A veces le bastaba con ojear la profusión de subrayados que ella hacía en sus libros. Había incluso copiado en un cuaderno frases como ésta: «Estaba de ese humor sombrío que a veces se adueñaba de él en las horas de inactividad».

Por la tarde, después de almorzar, ella se dedicaba a ayudar con sus asuntos al viejo don Claudio, quien, pese a sus más de ochenta años, se mantenía activo.

—Es un gran hombre, su papá —le había dicho Cayetano mientras la conducía una tarde muy lluviosa.

—Es un tirano —contestó ella desde el asiento de atrás.

Cayetano no estaba seguro, pero un momento después creyó oírla sollozar. Tuvo la tentación de echar un vistazo por el retrovisor. Se abstuvo.

6

Los fines de semana significaban viajes al lago de Atitlán (que algunos llaman Choi) al chalet de unos amigos, o a la casa de playa de don Claudio en Monterrico, en el Pacífico.

Una noche de luna llena, habían ido los dos a ver las parlamas, unas grandes tortugas negras, que desovaban en los hoyos cavados con sus aletas en la playa de arena volcánica.

Un hombre llegó a la casa en su propio auto hacia la medianoche, y llamó a voces a doña Clara, que dormía en el piso de arriba. Cayetano salió deprisa de su cuarto al lado del garaje pero sólo alcanzó a verlo de espaldas.

Ella respondió y el hombre subió las escaleras. Durante la noche oyó a la mujer gritar, casi aullar, de placer. El otro se marchó a media mañana, después de que ella le sirviera el desayuno.

Aunque en apariencia nada cambió a partir de ese día, en Cayetano se despertó por su jefa un deseo animal y dolorosamente físico.

—Es una mujer increíble —le había dicho más tarde al tío Chepe, que no lo contradijo.

—Pero no olvidés la edad que tiene —aconsejó—. Ya está pegada a los cuarenta, aunque no se le ven.

—No. También en ellas hay necesidad. A veces.

El tío soltó una risita.

—Vaya si no.

Cayetano volvió a ponerse en contacto con la muchacha de Jalpatagua. La llamaba todos los días, chateaban por Internet. Trataba de pensar en ella y no en la patrona cuando el deseo físico lo poseía.

7

Meses más tarde, doña Clara dio una fiesta para un grupo de gente mayor. El hombre de Monterrico acudió también, en compañía de un señor delgado de piel muy clara y cabellos casi plateados de tan blancos que llamó la atención de Cayetano. Tendido de espaldas en su cama frente a los monitores, se puso a escuchar las conversaciones que se desarrollaban en la sala y en el comedor. «¿Cómo está, doctor?», dijo una voz de mujer. «Vivo, todavía.» «Se le ve muy bien.» «Las apariencias engañan.» «Nos contaron el susto que se llevó. Un derrame, ¿no es cierto?» «No. No fue un derrame. Fue una sobredosis de calmantes.» Risas. «¡No es cierto! ¿Cómo?» «¿Se queda mucho tiempo esta vez?» «Creo que aquí me van a enterrar, sí.» Más risas.

Los invitados hablaban de política, de drogas, de las letras del alfabeto, de cualquier cosa. El hombre de pelo blanco, cuya voz era suave, se había convertido en el foco de atención. Le hacían preguntas de toda clase, y él las contestaba de buen grado.

«Hablando de descubrimientos —dijo un hombre con voz de borracho—, acabo de leer en un estudio, ¿de *Science,* creo?, que se supone que las mujeres más melancólicas, o más malhumoradas, son también las más fogosas».

Alguien se rió.

«Eso no es nada nuevo —contestó una mujer en voz baja—. Pensá en Eugenia».

Más risas.

«En eso no tiene el monopolio», dijo la voz de doña Clara, como para defender a la mujer atacada, y preguntó quiénes querían más vino o digestivos, para cambiar la conversación.

«¿Tinto?»

«Ya no hay otro.»

«¡Tinto, pues!»

Un poco más tarde, alguien —¿el hombre de Monterrico?— adelantó la idea de fundar un hospital. ¿Cuánto dinero hacía falta? ¿Equipo médico? ¿Era posible formar al personal en el país? El hombre de pelo blanco dijo que tal vez. Cayetano entendió que necesitarían mucho dinero. Doña Clara y otras personas estaban dispuestas a ayudar a conseguir ese dinero. Comenzaron a hacer planes. Una cena de gala. Una subasta de arte. Un concierto. Cayetano volvió a distraerse, dejó de escuchar, se adormeció. Cuando volvió a poner atención a las palabras que salían del pequeño audífono, una mujer hablaba de trasplantes de órganos. «Yo confieso que si llegara el caso —intervino otra—, no lo pensaría demasiado. Si mi hijo necesita un hígado, un riñón, un hipocampo o lo que sea, veo cómo se lo consigo, doctor».

«No —dijo alguien por otro lado—, no creo que se hagan trasplantes de huesos, no todavía. ¿Doctor?».

Cayetano se incorporó en su cama, acomodó una almohada a sus espaldas. Vio por uno de los monitores la fila de autos, los dúos y tríos de guardaespaldas a sus flancos, alineados frente al edificio a lo largo de la calle, y volvió a concentrarse en las conversaciones.

8

El hombre de pelo blanco había cambiado de posición —advirtió Cayetano—. Debía de estar muy cerca del ídolo que marcaba el límite entre el vestíbulo y la sala. Aunque hablaba en voz muy baja, probablemente al oído de alguien (¿el de la señora, o el de su amigo, el galán?), el micrófono oculto en una de las orejas transmitió claramente sus palabras: «Ya están todos muy borrachos. Dentro de un rato nos vamos».

En la sala, alguien puso música bailable.

Por la cámara principal, Cayetano vio salir al hombre de pelo blanco y a su amigo. Doña Clara los despidió frente al elevador y volvió a entrar en el apartamento. Poco después, sin desvestirse, Cayetano se quedó dormido mientras oía la música de tambores africanos a la que bailaban la señora y sus invitados.

9

Aunque era domingo, Juanita llegó a las diez, como lo había prometido, para ayudar a recoger los restos de la fiesta. A las doce ya se había ido. Un poco antes de la una, Cayetano oyó que lo llamaban desde el comedor.

—A sus órdenes, señora.

—¿No te dejamos dormir? Disculpa —apretó el cinturón de su bata corta de seda.

—No, señora. Dormí muy bien.

—Hoy no vamos a ninguna parte.

—Muy bien.

—Quiero quedarme en casa, tengo muchas cosas que leer, así que puedes tomarte el día libre. Y la noche también. Hasta el lunes no te necesito. Es más, no te quiero ver por aquí —agregó.

—Muy bien, doña Clara.

—Si necesitas el carro, puedes tomarlo.

—¿Perdón?

—Me pone nerviosa imaginarte encerrado allí en tu cuarto viendo tele o con los videojuegos.

—Entiendo, señora. Al ratito me voy.

—Quiero que te diviertas. ¡Te lo ordeno! —dijo en tono jocoso. Se volvió y cruzó la puerta de sus habitaciones; la cerró a sus espaldas sin mirar atrás.

Nunca había visto hasta tan arriba de sus piernas.

Cayetano volvió a su cuarto deseando haber instalado, pese a las advertencias de su tío, micrófonos en el dormitorio de la señora. Alguien estaba con ella. «En esa gran cama», pensó. Cerró la puerta de su cubículo y comenzó a revisar las grabaciones de seguridad de la noche anterior. A las tres y veinte, alguien había entrado de nuevo en el apartamento. No había salido. Era *él*, estaba seguro, pero andaba cabizbajo, como sorteando el lente.

Después de darse una ducha rápida y vestirse, llamó por teléfono a Chepe. Él también tenía el día libre, así que Cayetano fue a recogerlo a la casa de su jefe en el BMW.

—Rayado, Cayuco —dijo el tío al subir al auto—. A ver si hoy conectamos alguito, je, je.

Después de dar vueltas por las zonas nueve y diez en busca de muchachas ingenuas que levantar, decidieron ir a la Antigua.

—Dejá ya de pensar en todo eso —le decía el tío—, es lo normal. Sé quién es el tipo, creo. Sí, no vive aquí. Hombre, ¿qué esperás? ¿Cuántos polvos te has echado vos desde que trabajás con ella?

—Ninguno —afirmó Cayetano.

—¿Qué? —el tío se rió—. Pero, muchacho, te vas a volver maricón, si sólo pajas te hacés.

Intentó justificarse:

—Me estoy guardando para Irina —dijo.

—Ésa es otra paja, Cayo. Mirá, si no nos sale una gringuita gratis en la Antigua, nos vamos de putas, ¿ok?

—No. Yo no soy bueno para eso, tío.

—Bueno, allá vos —en una cuesta larga el tío señaló un caserón a la izquierda del camino—. Un buen putero, mirá. Tienen unas reverendas colombianas, panameñas, hasta rusas han traído.

Cayetano miró la casa de reojo, asintió con la cabeza.

Siguieron descendiendo en silencio hacia el valle de Santiago, entre montañas verdes y bajo los volcanes, cuyo perfil plomizo resaltaba contra el cielo. En Jocotenango, un poco más allá de la Antigua, compraron chiles rellenos y tostadas en un puesto de comida frente al parque. Se sentaron a comer en una banca de cemento a la sombra de unos cipreses.

Hablaron del pueblo, como de costumbre. El tío estaba preocupado, dijo después. Creía que pronto perdería la chamba.

—El jefe me ha echado ya un par de indirectas, Cayo. Se va de aquí. Parece que está enfermo. Cáncer, creo. ¿O sida tal vez? —se sonrió—. Van a tratarlo en Boston, o algún lugar así. Ahí te encargo, si oís de algo, ¿eh?

En vano echaron piropos a tres o cuatro turistas. Una francesa contestó: «*Ah, les salauds*». Anochecía cuando emprendieron el camino de vuelta a la ciudad.

—¿No te animás? —dijo el tío cuando se acercaban al burdel caminero—. Invito yo.

—No, gracias —dijo Cayetano—. Si usted quiere, lo espero.

—Paremos, pues —le pidió el tío.

Cayetano aguardó un poco más de una hora tumbado cómodamente en el asiento reclinable del BMW.

—Lo malo es tener que pelar el diente todo el rato —bromeó el tío al regresar—. Había cámaras por todas partes.

Cayetano optó por el silencio.

—¿No me preguntás cómo me fue?

Aguantó el silencio.

—Era linda, la pisada, pero tonta. Tetas enormes, ojos de vaca. Je, je.

Cayetano no dijo nada.

10

Por la noche, encontró vacío el apartamento. Después de dar voces tentativamente, se aventuró hasta la alcoba. El desorden de la cama —las sábanas desparramadas hacia el piso— lo decía todo. Entró en el baño, que olía al perfume de la señora, que tanto le gustaba. Deprimido y asombrado, volvió a su propia habitación. Las cámaras seguían encendidas, pero alguien había tocado la consola. El aparato de grabación estaba apagado, y él no lo había dejado así. Allá ella, pensó.

Javier en Ginebra

I

1

Querida Clara,

es cierto lo que dices, el hotel donde me alojo tiene nombre de cementerio. De hecho, en Mallorca hay uno que se llama Bonrepòs —pero está también el palacio Mon Repos, en Corfú. Queda muy cerca del lago y del Palacio de las Naciones, donde comienzo a trabajar mañana. «La Roma protestante», como llaman a Ginebra, no ha cambiado: los restaurantes cierran antes de las diez, así que hoy, de nuevo, me iré a la cama sin cenar. Llevo aquí dos noches y todavía mi reloj biológico no se adapta. Afortunadamente, el Estado sigue dignándose pagarme billetes en clase ejecutiva, que si no sería mucho peor.

Sueño contigo.

2

Pensar que permaneceré aquí mes y medio me deprime. Sin duda, Ginebra es la capital del aburrimiento; y el Palacio de las Naciones, su cuartel general. Lo interesante es que puedes encontrarte con todo tipo de personas: banqueros, traficantes de armas, diplomáticos, activistas, espías, refugiados de todas partes del mundo —y eso incluye a Guatemala, aunque ya sabes que en mi opinión nuestro país, en cuanto organismo político, debería desaparecer. Hoy comenzó el trabajo, pero no tuve que hacer nada en realidad. Puro protocolo.

Me alegra saber que tu padre está mejor. Una reconstrucción de cadera es cosa seria —y cruenta, por lo que dices. La idea de llevar matas de bambú de Miami a Guatemala parece extravagante. De esas cosas sabes sin duda más que yo, pero el flujo migratorio vegetal suele ir a la inversa, ¿no? De todas formas, está bien aprovechar de alguna manera el viajecito de compañía.

No tienes idea de cuánto te extraño. Cierro los ojos, te veo.

3

Desde luego que comprendo que te sientas frustrada, coartada por tu padre, como dices, en tu voluntad y libertad. Yo sé cuánto lo quieres. ¡Pero no dejes que te seque el alma, mi amor!

Escribes: «Mis frustrados deseos egoístas de poder y de placer». La idea es triste, pero ¡qué elegancia de expresión!

Te adoro.

4

No le aconsejaría a tu padre que hiciera su nuevo testamento con Marcos. No es que me parezca poco fiable desde el punto de vista profesional. Es un litigante temible, no cabe duda. El patrimonio de tu familia es muy complejo —quiero decir fluctuante, muy dinámico— y él no tiene experiencia en esa área. Yo pensaría más bien en gente como Salas & Salas, a quienes ya conoces. Tu padre legará un pequeño imperio —y creo que hay algo en el espíritu mismo de tu padre que gente como Marcos no comprende ni puede comprender. Tu hermano le ha dado la espalda en los últimos años a la parte material de ese legado, por nobleza o por estupidez, pero no deberían dejarlo fuera del todo, creo. En cualquier caso, a tu padre le quedan muchos años todavía, y tendrá tiempo para la reflexión. ¿Supongo que lo de ahora es una medida provisional, en vista de su estado?

Sería espléndido que pudieras venir unos días a Ginebra, y sí, podríamos volver juntos (aunque debes saber que el aterrizaje en Guatemala podría resultar delicado para mí, que lo del divorcio se ha estancado).

5

Entiendo que te sientas obligada a seguir junto a tu padre, desde luego.

Si algo tiene de interesante Ginebra, es la lista de escritores y artistas que la han adoptado como lugar de residencia. De los grandes sólo queda Godard, que vive en las afueras.

Faltan cinco semanas todavía. Es demasiado.

6

Despierto hasta cinco veces noche tras noche en mi cuartito del Bon (o era Mon) Repos. A veces creo que voy a volverme loco. ¡Te extraño tanto! Pero resistiré.

7

Me alegra mucho lo que me cuentas; le deseo una pronta mejoría a tu padre. Ese «coma momentáneo» y los delirios postoperatorios debieron de darte un buen susto, sobre todo estando tú sola con él. Celebro los cambios en el testamento, y claro, el cambio de testamentario. Con mucho gusto daré instrucciones para que desde mi bufete te manden un borrador del nuevo documento. Eso no tiene por qué ser un secreto (como lo nuestro).

El trabajo aquí, además de aburrido y frustrante, me hace avergonzarme de nuestro país —aunque hay suizos que podrían haber nacido allá, en cuanto a la fibra moral. El efecto de montaña. ¡Pero la gente que nos representa! Y las noticias de allá son escándalo (desde la absolución del ministro de Finanzas pese a las pruebas judiciales en su contra) tras escándalo (la narcodecapitaZión con motosierra de esos veintiséis mozos peteneros y de las adolescentes que encontraron con ellos). ¿Es verdad que cortaron un brazo a una de las chicas para usarlo a modo de brocha y pintar con sangre una amenaza dirigida al dueño de la finca, el que logró escapar?

8

Me preocupa lo que dices de las llamadas anónimas. No sé si tener un guardaespaldas sea la solución, pero si tu padre se siente más tranquilo, por qué no. Entre tus amigos habrá alguno que pueda darte recomendaciones. Yo pienso que sería un riesgo, tener uno; quién sabe qué conexiones podría tener en los bajos mundos (es decir, la Policía, el Ejército; gente de armas, en fin, y por lo tanto peligrosa, en un medio como el nuestro). Y llegará a conocer tanto de ti que con facilidad podría tocar tus puntos vulnerables, si algo le decide a hacerlo. Ese algo, con los sueldos que suelen pagarse allá por esta clase de empleo, puede ser una genuina necesidad: una madre, un hijo enfermo, una novia muy exigente... Si te decides a contratar uno, que sea joven e inexperto, alguien a quien en cierta medida tú misma irás formando. Tal vez convenga que viva contigo, para que puedas ejercer más control. Así fue con Camilo, y no he tenido problemas hasta ahora. O si no: un viejo de experiencia y probidad incuestionables. (Aunque supongo que alguien así difícilmente estará desempleado.)

9

Tu padre tiene razón. Pronto, por ley, el secreto bancario dejará de existir aun en Guatemala. Eso complicará un poquito las cosas, pero sólo técnicamente. Nada grave, te lo aseguro. Tenemos dos años largos para ponerlo todo en orden. En cuanto a lo demás, nada cambia.

Te quiero.

10

El trabajo ha comenzado en serio. Consiste en escribir y traducir series de cartas para evitar «de manera amistosa» posibles litigios. El caso que más me preocupa va bastante bien. Tal vez, después de todo, podría llevarte a Bora Bora.

11

¡Felicita de mi parte a tu padre! Rapidísima recuperación.

Hace menos frío y hay, a veces, días soleados, lo que parece que sorprende a los nativos tanto como a mí. Digamos que puede encontrársele algo de grande y hermoso a Ginebra —además de una terquedad gregaria medieval.

Quedan cuatro semanas...

12

Estás grabada en una de las cámaras de mi cerebro —como diría la autora del librito que estoy leyendo. Neuropsicología; sabes que el tema siempre me interesó. Los avances que se han hecho en los últimos diez años parecen inspirados en buenas novelas de ciencia ficción.

Hoy tuvimos día de descanso. Ha nevado mucho, como viste por Skype. Caen copos enormes todavía. No salí más que para comprar la prensa española, que venden sólo en el centro. Un ritual absurdo, pero prefiero pasar frío en vez de horas innecesarias frente a la pantalla. Leí lo de Rodrigo. Increíble. Cuánto me alegra que tu padre y él dejaran de hacer negocios hace tanto tiempo.

En la vigilia pienso en ti y de noche (soy un dios en mis sueños) te sueño. La frase tal vez suene a cita. Lo juro: no lo es.

13

De nuevo en Ginebra.

Parece inaceptable que no pudiéramos vernos más que una vez durante mi viaje relámpago. Pero ¡qué vez! (Ahora Monterrico es el escenario cuando imagino que estamos juntos, mientras las grandes olas rompen en el fondo.) Me alegra que comprendas. Todo esto tiene que cambiar pronto.

Sigo pensando en ti constantemente. Estela se ha vuelto en verdad imposible. Ahora está muy enferma. Diabetes. La cuida su hermana mayor. Están desde hace meses en su casa de la Antigua.

Entiendo que quieras que dejemos de comunicarnos durante algún tiempo. De todas formas te avisaré cuando vaya a Guatemala la próxima vez.

14

Por supuesto que me encantaría verte, aunque sea, como dices, en el contexto de una fiesta o cena de beneficencia.

II

1

Querido Ernesto,

desde luego que recibir noticias tuyas me sorprende. ¡Gracias a Dios por Facebook! Yo no lo uso casi nunca; de hecho, mi cuenta la abrió una amiga, como cosa de broma. A mí me parece más una fuente de inconvenientes que una ventaja. Pero ya ves.

Ivrea, entonces —¡entre tantos lugares! Claro que esto se explica si tu esposa era de allí. Recuerdo un dicho que le oí a una lombarda (¡tenía un cacho de piernas!): *«Vattene a Ivrea!»*. ¿Es tan aburrido el lugar?

Es triste lo que cuentas de tu mujer; el cáncer se ha llevado últimamente a tantos conocidos y amigos que ya no sé qué decir al respecto. En cualquier caso, creo que tienes razón. Un año de duelo es suficiente.

Yo estaré aquí en Ginebra (bastante ocupado) durante por lo menos un mes más. Piamonte no está lejos. Espero que nos veamos pronto. Si no puede ser aquí, tal vez en Guatemala.

2

Las cosas en Guatemala, como habrás visto por los medios, están muy mal. Pero «de puertas adentro» todo sigue como siempre; o sea, se puede vivir cómodamente. Acerca de fundar un hospital, no digo que sea imposible. Con mucho gusto te explicaré con más detalles cómo veo el panorama actual a ese respecto, y si puedo ayudarte en lo que a conexiones se refiere, cuenta conmigo.

3

Me alegra saber que podrás hacer el viaje. El fin de semana sería para mí el mejor momento; no tengo planes para el próximo, así que espero que no dejes tu visita para más tarde. Un salami o un Barolo —ya que te detendrás en Torino— no me caerían nada mal. Y sí, recuerdo muy bien el incidente del tren. Yo sé que mi padre abrigó durante mucho tiempo la sospecha de que fuiste tú quien sustrajo los cheques de viajero y el pasaporte de su maletín mientras dormíamos. Pero no fue en el viaje de Milán a Portofino, como dices recordar, sino a la vuelta. En cualquier caso fue una aventura divertida, aunque mi relación con mi padre (que murió hace tres años, por cierto) comenzó a degenerar a partir de aquellas fechas.

4

En verdad me alegra la idea del reencuentro. Quedamos, pues, para el sábado. ¿Te reservo un cuarto en mi hotel?

5

Seguiremos hablando, que el proyecto hospitalario me parece *en extremo* interesante. Hasta Guatemala, entonces.

III

1

Querido Rodolfo,

siento mucho que la empresa se viniera abajo, pero sabes muy bien que yo resulté casi tan perjudicado como tú. La nota de duda en tu último correo acerca de mi participación en las negociaciones me ofende profundamente. Espero que se trate de una percepción equivocada, de un malentendido. Si sirve de algo, pongo a tu disposición mis libros contables (podría mostrártelos a mi regreso a Guatemala). Por el momento no hay nada más que podamos hacer.

2

Como bien sabes, nunca dejé de pagar mis deudas. No estoy tratando de eludir el tema. Lo repito: en Guatemala tengo los libros contables que podrían terminar con tus sospechas. Ya sé que el banco responsable dejó de existir (de manera fraudulenta, es cierto) y comprendo tu temor. Te doy de nuevo mi palabra; espero que baste.

La treta de los sacos de café no fue idea mía, como te han hecho creer. Pero fue una treta ingeniosa, aunque un poco pueril, por qué negarlo. Es cierto que «presté» a Camilo para la operación, pero no me habían explicado los detalles, y Camilo no hizo más que obedecer las órdenes de nuestros socios. Ahora puedo contártelo todo sin correr el riesgo de ir a parar a prisión. Entre Camilo y otros guardaespaldas (de nuestros socios) arreglaron los sa-

cos «pantalla» en la bodega que el banco iba a inspeccio-
nar. Levantaron cuatro muros de costales de café que casi
llegaban hasta el techo. Para cuando los auditores des-
cubrieron el engaño (tras las fachadas de sacos sólo había aire) ya los hermanos culpables habían salido del país
—¡en tu avioneta! No conozco —te lo juro— su paradero.
Apostaría sin embargo a que están en las Bahamas o en
Panamá.

3

Por favor, en nombre de nuestra amistad, o en su
memoria, dame un plazo un poco más largo para aclarár-
telo todo.

Estaré en Guatemala dentro de más o menos un
mes. Te hablaré al llegar.

IV

1

Querida Estela,

gracias por tomarte el tiempo para escribir; y sobre todo por darme noticias de Raulito. Me alegra mucho saber que le haya ido tan bien en el colegio. Ya le puse una postal —electrónica, claro. Dile que puede contestarme por la misma vía, pero que preferiría recibir una carta de su puño. En cualquier caso, le hablaré por Skype. Espero que pasen unas felices vacaciones en Pátzcuaro. Será un descanso, después de la Antigua y de tu hermana.

PS Mandé el poder legal que me pedías hace una semana, así que espero que no tengas ningún problema con el pasaporte.

2

Me parece un poco excesivo lo que dices sobre mis ausencias. Sabes que estos viajes son parte de mi trabajo. Y sí, me molesta no poder participar más activamente en la educación de nuestro hijo. Por lo demás, confío plenamente en tu criterio.

Regreso a Guatemala a fin de mes. ¿Ustedes se quedarán en Pátzcuaro? Te pido sólo que facilites mi comunicación con Raulito. Si, como dices, no le gusta hablar por Skype, lo llamaré por teléfono. Envíame por favor un número, que no tengo ninguno.

3

Puedes seguir adelante con los trámites de divorcio. Lo siento en verdad —sobre todo, debo decirlo, por el niño.

4

Tu abogado me escribió y ya lo puse en contacto con el bufete. Pero la pensión que pides es muy poco razonable. Creo que lo sabes perfectamente.

V

1

Querido Meme,

encontré tu dirección electrónica en el sitio web de tu hotel. Probablemente te sorprenda recibir noticias mías después de tanto tiempo. Yo estoy ahora en Ginebra, pero volveré dentro de poco a Guatemala y me gustaría hablarte acerca de un negocio que creo (y espero) que podría interesarte. Me alegra saber que estás en Atitlán, ¡y que el hotelito siga en pie! He visto fotos en Internet; parece muy acogedor. Si me mandás un número de teléfono, te llamaré al llegar. ¿Persistís en tu papel de defensor de los indios? Eso espero.

PS Me estoy divorciando de Estela.

2

Me alegró mucho tu rápida respuesta. Tenés razón: no me ha ido muy bien con las finanzas. Pero ése no es el único motivo por el que, como insinuás, hice el esfuerzo para localizarte. He comprobado que a nuestra edad los recuerdos de la primera juventud tienden a aflorar de manera inesperada. (Lo habrás notado ya vos mismo.) De un día para otro comencé a preguntarme qué habría sido de vos.

No me extrañan tanto tus quejas acerca de los turistas y el oficio de hotelero. Y supongo que la violencia extrema que campea en el país habrá alejado no sólo al turismo *en masse* sino también a la clase aventurera con la que contabas. Todo esto, creo, hará que la propuesta que voy a hacerte parezca más atractiva. No te equivocás al suponer que entraña algún riesgo. Ya hablaremos en persona de todo esto cuando llegue a Guatemala. Mi intención es, después de aterrizar, irme directamente a Cristalinas.

3

Si necesitás algo de esta parte del mundo, avisame. Viajo dentro de tres días.

Aquí, ahora

I

1

Aterrizó una mañana fría y soleada a principios de diciembre. Fue recibido al salir del aeropuerto por su chofer Camilo en un Audi gris con vidrios claros. ¿Qué se creerá?, se preguntó. Camilo vestía con una elegancia tan formal como la de su patrón, y tenía un corte de pelo a la última moda. Conducía rápido.

—No tan rápido, Camilo.

En menos de quince minutos estaría dándose una ducha en su cómodo apartamento en un décimo piso, con vista al norte —es decir, sin volcanes. No le gustaban.

—¿Cómo va todo, puertas adentro, quiero decir?

—Bien, licenciado.

—¿Tu mamá? ¿Tus hermanos?

—Ahí, pasándola.

Pero el licenciado sabía que la señora tenía cáncer, posiblemente terminal, y el hermano estaba en la cárcel en Florida, Estados Unidos, «por posesión ilegal de una sustancia controlada».

Siguieron rodando en silencio por la calle despejada. Era domingo.

El licenciado iba pensando en la llamada que debía hacer a Clara. Al volver del lago, se dijo a sí mismo. Revisó el buzón de su teléfono local. Tenía una veintena de mensajes. Nada urgente. Activó un videojuego, pero no lo jugó.

Los trámites rutinarios, las largas esperas, las consultas, los líos con Estela —todo era tan aburrido. Todo, menos Clara. Alrededor de su imagen había construido un mundo interior que ahora era su único refugio. De puertas adentro, pensó, y se sintió a gusto con la expresión.

Cerró los ojos contra el reflejo del sol. Se puso anteojos oscuros. Este país se va al carajo, se dijo a sí mismo.

Inconscientemente, comenzó a reconstruir las etapas del viaje que acababa de hacer. Cuando volvió en sí de la fantasía mnemotécnica, estaba desnudo debajo de la ducha de agua caliente. Se vio en el reflejo de una superficie de metal cromado bajo el agua, se sonrió cínicamente. Apartó la vista de su propia imagen y comenzó a enjabonarse. Fue una ducha larga, placentera, terapéutica.

Él sufría —reflexionó mientras se pasaba la toalla blanca, suave y esponjosa por todo el cuerpo—, pero el suyo era el sufrimiento del hombre superior —como diría el *I Ching*. No sufría por culpa propia, sino por las relaciones que mantenía con los demás. Simplemente (como le decía la madre difunta al niño que fue) era demasiado bueno para este mundo. ¿Pero quién podía darse el lujo de ser tan bueno hoy?

Recorrió el apartamento, se asomó al cuarto de Raulito, que estaba en Pátzcuaro. Pasó revista a los objetos infantiles —el caballo y el tigre de felpa, el globo terráqueo que también era un cojín, la librería con fábulas, mitologías y aventuras, el camioncito de Lego, la lámpara tipi. Entró en su dormitorio, se tendió de espaldas en la cama.

Una red de relaciones humanas en cuyo centro estaba él iba a convertirse pronto en otra cosa. Un enorme edificio surgía como de entre la bruma en su imaginación. ¿Se mantendría erguido, o se desintegraría como un castillo de naipes?

Se levantó. Todo aquello habría de traerle quebraderos de cabeza. La frase aislada afloró en su memoria; olvidaba de qué libro provenía.

2

La carretera Panamericana se encontraba en pésimo estado después de una larga temporada de lluvias, el tráfico era lento. Aun así, se alegraba de haber emprendido el viaje sin Camilo. A menudo un autobús sobrecargado le obligaba a sacar el auto del carril; y los abundantes derrumbes hacían que el peligro al progresar entre cañones y desfiladeros fuera mayor. Tanto física como espiritualmente, el país se iba al carajo. ¿El país? —siguió hablando consigo mismo. El mundo entero. Se trataba, de nuevo, de ver quién se ponía encima. En cuanto a él, estaba dispuesto a derribar cualquier obstáculo que se interpusiera en su camino, si no lograba esquivarlo. ¿Su camino? Tal vez no llevaba a ninguna parte; pero no podía permanecer en donde estaba.

Por Patzicía —«tierra de indios revoltosos y masacres», como decía algún historiador local— se desvió para tomar el camino viejo, bastante más angosto que la carretera pero menos transitado. Atravesando el pueblo kaqchikel, el entierro de un niño le obligó a detenerse un momento. Se bajó del auto para estirar las piernas. El aire frío de la meseta precipitó en su cabeza una cascada de recuerdos. Se dijo a sí mismo que estaba bien recordar, pero decidió que no le convenía recordar demasiado.

Más allá de Patzicía, en las montañas quebradas de tonos oscuros, podían verse las huellas del último huracán —los claros derrumbes de tierra arenosa hacían pensar en las pisadas de un gigante enloquecido. Troncos de árboles caídos, las raíces apuntando a un cielo despejado, guarnecían los bordes de los despeñaderos. De pronto un manto de neblina cayó sobre el paisaje. Tuvo que aminorar la marcha y encender los faros del Audi.

Le parecía que una constelación de elementos de naturalezas distintas se había aliado en contra suya. ¿Estaba justificado en sus reacciones? ¿Exageraba ante sí mismo el carácter criminal de la tortuosa línea que había decidido seguir? Estaba claro que las convenciones y consideraciones legales en este caso quedaban eclipsadas. Fuerza mayor, pensó. La supervivencia, el bienestar de su hijo. ¿La estirpe? La niebla se fue haciendo más espesa, pero de vez en cuando era penetrada por un rayo de sol.

No era imposible que todo resultara a la perfección, si las cosas ocurrían de la manera que tenía prevista —aunque ¿cuándo nada resultaba así? Pero todos —Clara incluida, y en su caso el beneficio iría más allá de lo meramente material— podían salir beneficiados. Todavía habría tiempo para un poco de buena fe. Mientras las cosas volvían al orden, todo estaba permitido, se dijo a sí mismo con seriedad. (¿Qué orden?, preguntó una voz dentro de su cerebro, pero no hubo contestación.)

Después de descender hasta el fondo de cuatro barrancos y ascender de nuevo a cuatro mesetas, llegó a Patzún. «Turba lincha en Patzún a tres supuestos ladrones que robaban en templo católico», había leído en la prensa mientras desayunaba. Atravesó el pueblo, y miraba a izquierda y a derecha una y otra vez en busca de algún rastro del «acto de violencia colectiva». Un día más tarde, día de mercado, el pueblo parecía tranquilo.

Poco antes de llegar a Godínez, más allá del barranco de los Chocoyos, los pájaros trogloditas, la niebla se disipó por encima de la joroba de los cerros, y el perfil de los volcanes surgió con toda su elegancia mineral. A muchos metros por debajo del borde abrupto del camino, espejeó la superficie lapislázuli del lago, el paisaje se desplegó como una vasta fantasmagoría azul.

El descenso final hacia el valle de Panajachel fue rápido y placentero. Ahora los recuerdos, que no dejaban de insinuarse, eran los de una adolescencia casi salvaje y del todo despreocupada. Los dejó correr.

La fealdad de bloques de cemento y techos de lámina de hierro se había extendido a ambas orillas del río, que arrastraba basura y mal olor hacia el lago agonizante. Los grandes árboles —flamboyanes, jacarandas, aguacates, matasanos— simplemente subrayaban la fealdad. Aun aquí —donde por las calles se veían más extranjeros con aire estrafalario que kaqchikeles o tzutujiles en traje tradicional— proliferaban las muertes por linchamiento, pensó con incredulidad. A mediodía el olor de carne asada y de incienso barato flotaba en el aire. A uno y otro lado de la calle Santander, que conducía directamente al lago, los bares, las tiendas típicas, los salones de tatuajes y de *piercings* y los puestos de comida competían por el espacio y la clientela. Al final de la calle, Javier dobló a la derecha para dejar el auto en un estacionamiento público y luego, el bolso de viaje al hombro, bajó hasta el muelle y se sentó en una roca a la sombra de un árbol junto al agua, donde aguardaría la próxima lancha para atravesar el lago. Unos minutos más tarde navegaba en una pequeña tiburonera hacia la bahía de Cristalinas, que está más allá de San Marcos.

El Xocomil soplaba con fuerza y formaba remolinos en el lago. Las olas frías golpeaban los costados de la embarcación, salpicaban las caras y los cuerpos. A lo largo de la orilla los montes se encorvaban hasta el agua para sumergir sus enormes cabezas de reptil; y un manto de algas como cabellos verdes, donde quedaba atrapada la basura humana, servía de recordatorio: aun en ese rincón apartado del mundo, donde el cielo se unía con las montañas, todo podía corromperse.

Meme, con su abundante cabellera negra y sus hombros atléticos, estaba esperándolo en el muelle. Agitó un brazo en el aire en señal de bienvenida. Sonreía con una sonrisa misteriosa, cómplice, como si supiera de antemano cuáles eran las intenciones y los designios de Javier, a quien de pronto éstos le parecieron inconfesables. Le sorprendió cuán calmada estaba el agua en la pequeña bahía circular, protegida del viento en el abrazo del monte de piedra volcánica. Había grava gris en el fondo del agua, donde dos o tres peces descoloridos y de buen tamaño desaparecieron instantáneamente de su vista.

3

Hablaron del proyecto (fundar un hospital) y las miras (mejorar las cosas para todos).

—Contame —dijo Meme—, ¿quiénes serían nuestros socios?

—La crema y nata, mano. Pero, entonces, ¿cuánta tierra tenemos?

—Media caballería, tal vez un poco más. Pero es impracticable —señaló a sus espaldas, una alta pared de roca color mostaza con manchas de musgo negro.

—No necesitamos tanto. Lo importante es que aquí hace falta, sin duda, un hospital.

—Sí. Parece improbable, lo que me estás proponiendo. Pero he aprendido a creer en los milagros.

—¿Por tu conversión lo decís?

Meme se rió.

—No —dijo—. Eso fue sólo un cambio de gustos. Si querés, una crisis de edad.

—Me alegro por vos.

—A veces me hace falta la emoción, pero todo tiene sus dos lados.

—Ja, ja —se rió Javier—, del todo no te has regenerado entonces, gran cabrón.

II

1

Como cosa extraordinaria, había llovido en la ciudad (era diciembre, otra vez) pero no hacía frío, y el sol de las cuatro lucía en todo su esplendor —mientras en el norte de Italia caía una fuerte nevada.

La luz del sol en Guatemala se tomaba muchas libertades, se dijo a sí mismo. Ahora, mientras se dirigía al aeropuerto, estaba presenciando una fantasía en koda-chrome. Los colores eran demasiado vivos y vibrantes. Los taxis amarillos, los tuc-tucs rojo sangre y los autobuses verde limón con el fondo de cielo azul, montañas y volcanes, todo parecía irreal.

Gracias a los genes de la madre, de origen checo, el doctor Ernesto Lara era un hombre alto y bien formado. Mientras lo veía acercarse por el corredor del aeropuerto, Javier pensó fugazmente en lo improbable que podía ser el destino. El muchacho despreocupado que conoció de joven se había convertido en un médico brillante. Se sintió transportado en el tiempo por una corriente de recuerdos. Volvió la mirada a un cartel: la islita de Flores, que vista desde el aire recordaba la concha de una tortuga; el agua color esmeralda a su alrededor retuvo un momento su atención.

Habían recorrido Europa juntos. El viaje duró casi un año; en la memoria de Javier estaba reducido a unos cuantos episodios emblemáticos: las hermanas que sedujeron en Bélgica; una borrachera en París, donde durmieron en un hotel de propietarios argelinos y se fueron sin pagar; el paso de los Pirineos a pie y la caminata hasta Andorra; la comuna de hippies; las ingestas en Ibiza (o fue en Mallorca) de mescalina, LSD y hachís.

La primavera terminaba, y el padre de Javier quería invitarlos a pasar unos días en la Costa Azul. Javier sabía que aquélla era una maniobra de su padre, que quería «rescatarlo», y al principio decidió no aceptar, pero Ernesto estaba listo para unos días de lujoso descanso, y logró convencerlo. Compraron billetes de tren para viajar de Alicante —adonde ya no recordaba cómo habían ido a parar— a Milán.

Durante los cinco días con sus noches que pasaron en Portofino, don Álvaro logró persuadir a su hijo a dar por terminada la aventura y a prepararse para iniciar los estudios de Leyes en una universidad local. Fue también durante aquella parada en el Mediterráneo cuando Javier vaticinó para Ernesto la carrera de Medicina, después de comprobar su interés en unos manuales ilustrados de anatomía y anestesiología a la venta en un puesto de libros usados en un mercadito al aire libre en la plaza del pequeño pueblo de pescadores.

Viajaron en el tren de noche de vuelta a Milán. Poco después de despertar en el coche cama que compartieron, el viejo —que parecía muy agitado— anunció que le habían robado el dinero en efectivo y sus cheques de viajero. El conductor a quien dieron parte del robo habló de un aerosol dormitivo que por aquel tiempo estaba en uso entre los ladrones de tren italianos. Javier estaba casi seguro de que el ladrón no fue otro que su amigo. No se animó a sugerirlo, aunque lo había imaginado operando en la oscuridad, a tientas, aprovechando cada movimiento del vagón sobre los defectuosos rieles italianos para localizar el maletín y llevar a cabo el acto de ratería.

Pero ¿los había dormido?, se preguntó entonces. Se lo preguntaba todavía.

2

—Todavía tiene su belleza el paisito, ¿eh? —dijo el doctor Lara, sensible a los rápidos cambios de color en el ocaso tropical.

Un cartel luminoso con letras verdes y rojas que se desplazaban indicaba la fecha, la hora, la temperatura. Luego: «Balacera en el bulevar Los Próceres, zona 10. Congestionamiento».

Javier se desvió hacia el sur para dar un rodeo por Hincapié, de modo que el paisaje de volcanes que habían tenido a la derecha volvió a aparecer frente a ellos.

—Están locos —dijo Ernesto, después de dar un saltito de susto en su asiento al oír el tableteo de una ametralladora festiva.

—Diciembre —dijo Javier—. La Guadalupe-Reyes.

Habló de Clara, de la fiesta que daría en su casa al día siguiente, a la que acudirían gentes influyentes y poderosas.

—Saben ya que has operado a más de un cardenal —le dijo.

Camilo detuvo el auto frente al hotel Brescia, que estaba a pocas calles del edificio de apartamentos donde vivía Javier, y se bajó para abrirle la portezuela al doctor.

Camilo trabajaba desde hacía más de diez años para él. De vez en cuando se preguntaba si el chofer lo imitaba, en el vestir y también en el andar, de forma inconsciente o deliberada? En broma, un momento atrás, cuando se despedían frente al hotel, el doctor había dicho: «Podría ser tu hermano, ¿eh? ¿No está desperdiciado, de chofer?». Si era inevitable que se enterara de algunos detalles peligrosos, como le parecía que lo eran éstos, luego tendría que deshacerse de él. Pero lo recompensaría. Lo recompensaría con magnanimidad.

—Hay algo que tengo que explicarte —le dijo a Camilo cuando se dirigían a casa—. Poné mucha atención.

—Diga, don Javier.

—Mañana, después de la cena... —comenzó.

—Sí, don Javier.

—Olvidate —dijo.

—Muy bien.

Al llegar a su apartamento fue directamente al teléfono y llamó a Clara. Después del acostumbrado intercambio sentimental entre amantes tras una separación involuntaria, le contó que el célebre médico había llegado y que al día siguiente acudirían los dos a la cena.

—Me muero por verte —dijo Clara.

—Yo también.

III

1

No fueron los primeros en llegar a la fiesta. Clara recordaba, aunque un poco vagamente, a Ernesto. Después de intercambiar abrazos les presentó a una señora de porte matriarcal y a un hombre de edad mediana y panza incipiente. Ella resultó llamarse Isolde, organizadora de conciertos y recitales en la universidad donde Clara estudiaba. Cuando se enteró de que el doctor Lara venía de Milán, se transportó. La Scala, dijo. La visitaba cada vez que iba a Europa. Su cutis blanco y empolvado recordaba la piel del melocotón. El hombre se limitó a dar apretones de mano al ser presentado como Jorge, primo de Clara; «en segundo grado», aclaraba con humor. Armonizaba con los otros —pensó Javier, recordando el adagio— igual que una mula en medio de una caballada.

A espaldas del Buda de madera y oro estaba servida una suntuosa mesa de platillos —desde caviar beluga hasta huitlacoche, percebes del Cantábrico y huevos de codorniz. Clara indicó a un cantinero de traje blanco y corbata de pajarito que ofreciera bebidas a los recién llegados, y luego fue a instalarse en una otomana entre Ernesto y Javier.

—Uf, estoy rendida. Dejo la fiesta en sus manos —dijo, sin dirigirse a nadie en particular.

Javier esperaba que entre Clara y el doctor se estableciera una comunicación de varias vías. Se dirigió al pariente de Clara, cuya condición de comerciante acababa de recordar.

—¿Cómo va el cardamomo? —le preguntó.

Los ojitos del otro no expresaron entusiasmo.

—No nos fue tan mal como el año pasado —se limitó a decir, pero Javier sabía que aquel año las ganancias del gremio habían sido cuantiosas. Se sonrió.

—La modestia es una cualidad admirable —le dijo.

—¿Y cómo van las altas finanzas? —El contraataque que le pareció un golpe un poco bajo.

—No sé casi nada de altas finanzas, me avergüenza decirlo.

Con un oído, Javier se quedó aguardando la reacción de su interlocutor. Alcanzó a oír que Clara hablaba de don Claudio a Ernesto: la operación había sido exitosa; la recuperación, a sus ochenta y cinco años, prodigiosamente rápida.

—Y en el gremio, ¿pagan ya salarios mínimos? —preguntó.

El comerciante fue franco:

—No. Es imposible. Pero la gente está contenta. Al menos tienen trabajo.

—Contentos, ¿ganando menos de lo que dicta la ley?

—Estarían sin trabajo, si quebramos, ¿no? Es lo que pasaría, si nos obligan a subir los sueldos. Yo doy a mis empleados un quintal de maíz al año y otro de frijol, entre otras cosas.

Enumeró los beneficios de trabajar para él, aunque, lo reconoció, el trabajo era rudo.

—Jorge, eso es echarle miel a la cadenita, para que la lama el perrito —dijo Javier.

El otro cambió la conversación. Quería saber cómo era Ginebra.

Uno de los meseros anunció a otra pareja de invitados.

—Julián y Eugenia —dijo Clara. Se levantó y salió a esperarlos frente al elevador.

Julián, exitoso constructor de carreteras, y su esposa Eugenia, que acababa de fundar una escuelita para niñas pobres, entraron en la sala guiados por Clara.

Poco después llegaron más visitas, y Javier decidió permanecer de pie. Siguió la ritual ronda de saludos y presentaciones; abrazos, besos, apretones de manos. El primo de Clara le presentó al director de una compañía minera —extraían oro cerca de la frontera mexicana, recordó. Saludó a la esposa de un banquero; el banquero no estaba a la vista; a un director de periódico, que llegó sin su esposa. «Está castigada», bromeó. Y, de pronto, la sala estaba llena. Cesaron los saludos, el círculo mayor se desintegró y cinco o seis grupúsculos fueron adquiriendo forma mientras los meseros repartían bebidas.

Un hombre alto con un desgarbo como afectado —su vestimenta casual era como una crítica privada al chic de los demás— se había enzarzado en una discusión política con el primo de Clara. Recordó: se llamaba Sebastián. Un loco, pensó, pero con cierta admiración.

—No empecemos —dijo la organizadora de conciertos—, luego no saben parar. ¡Pero qué aburrido!

—Pero yo creo que hay que hablar de política, sí —dijo el otro en tono desafiante—. Además, me gusta, aunque sea también mi trabajo.

—¿Cuál trabajo?

—Asesor financiero.

—Pero, loco, ¿a quién asesorás?

—A un organismo... La OMM.

Ninguno parecía estar enterado de lo que era la OMM.

—Una ONG, ¿no? ¿Pero qué hacen, exactamente? —preguntó el primo de Clara.

—Monitoreamos el flujo de dinero..., de capital —explicó el loco—. Estudiamos quiénes se hacen más pobres, quiénes más ricos. Y cómo.

Música de tambores yoruba llegaba discretamente desde detrás de unas macetas con palmas y plantas tropicales.

El cardamomero, el director de periódico, un geólogo y el hombre de la OMM mostraron disgusto cuando los tambores cesaron.

El hombre de la OMM (Consumidor —pensó Javier— de sustancias controladas) protestó porque un *Lied* wagneriano comenzaba a sonar.

—Pero es sublime. No entiendo cómo alguien con un poco de cultura...

—Si esa música sigue, yo me voy.

Alguien más comenzó a hablar del narcotráfico. En el tercer milenio, Guatemala ejercía por fin alguna influencia en la cultura mexicana: los exkaibiles empleados por los barones de la droga como guardias personales habían introducido en el gigante norteño la práctica de la decapitación ritual como método intimidatorio.

—El Frankenstein de la contrainsurgencia, los kaibiles.

—Son unos enfermos. Enfermos manufacturados.

—Han tomado las riendas del negocio, eso es todo.

—El candidato de ustedes —dijo Sebastián a nadie en particular— ayudó a crearlos, ¿cierto?

—Lo que necesitamos es una terapia nacional.

—¡Farmacoterapia para todos! —exclamó Javier.

La música de ópera seguía.

—¿Qué clase de médico es usted? —preguntó el cardamomero.

—Alópata —el doctor se dignó contestar.

Javier pensó: No sabe lo que quiere decir.

Clara pidió al jefe de meseros que sirvieran la cena. Cuando todos se sentaban, el desgarbado hombre de la OMM levantó un brazo a modo de saludo y se despidió de la mesa en general. Varias voces le desearon felices fiestas, pero él no contestó, o lo hizo de manera inaudible.

Cuando hubo salido, la organizadora de conciertos dijo con desprecio:

—Se está convirtiendo en un patán.

—Es una lástima. Nuestros papás eran amigos —dijo Eugenia—. Es lo que pasa cuando viven en el extranjero. Pierden los modales.

—Yo no podría —afirmó la mujer del banquero—. Imaginate, pasártela sin muchachas. Se vuelven unos amargados.

—¿Sirvientas, quiere decir? —el doctor necesitaba aclaración.

—¡Ambas!

—¿Quién le paga? —dijo Eugenia, con voz maliciosa.

—¿Cómo? —dijo Clara.

—¿Quiénes financian ese organismo donde trabaja tu amigo, Clara?

—Los europeos, los gringos, los chinos —dijo el banquero—. Socialistas, es claro.

—¿Los chinos?

—Ésos son comunistas.

—¡Y además millonarios! —dijo su esposa, que parecía indignada.

—Imaginate, comunistas millonarios.

Risas forzadas. En un extremo de la mesa hablaban en voz muy baja. Javier, sentado en el centro, no alcanzaba a oír lo que decían.

—¡Por la ironía del mercado! —El decano de la universidad, que estaba frente a Javier, alzó su copa para proponer un brindis, pero estaba vacía.

—¿Más vino? —dijo Clara.

—¿Tinto?

—Ya no hay otro.

—¡Tinto, pues!

2

Las conversaciones seguían rumbos distintos. ¿Por qué iban a levantar el secreto bancario? Para dar trabajo a inútiles como Sebastián. Para facilitarles el trabajo a los secuestradores. Y tal vez para —agregó Clara— cerrar las lavanderías de dinero.

Javier aprovechó un silencio.

—Mi amigo el doctor Lara y yo hemos estado hablando últimamente acerca de la posibilidad de fundar un hospital.

—Personalmente —corrigió Ernesto— me interesaría comenzar un centro de investigaciones. Pero pueden ir de la mano, desde luego, las dos cosas.

En ese momento las miradas de los comensales apuntaron todas al doctor, como agujas atraídas por un imán. ¿Qué clase de hospital? ¿Qué clase de investigaciones? ¿Cuánto capital haría falta para poner en marcha un proyecto así? ¿Había en Guatemala personal capacitado?... Cuando el mesero comenzó a servir postres y digestivos, Ernesto aún estaba dando explicaciones. Javier miraba a Clara de vez en cuando; todo parecía ir bien.

Un poco más tarde, ante el Buda de madera y oro en el vestíbulo, Ernesto y Javier decidieron partir. Clara los acompañó hasta la puerta. «Si no se van pronto, los echo, que estoy rendida», dijo. Cuando Ernesto se volvió para tomar su chaqueta del ropero, Clara dijo al oído de Javier: «Toma —puso en su mano la tarjeta electrónica de acceso al edificio—. Te espero». Le dio un beso en la mejilla.

Javier vio de reojo la cámara que los vigilaba desde el dintel de la puerta antes de entrar en el elevador.

IV

1

Durante el descenso, dijo:

—Un éxito.

—¿Te parece? —contestó Ernesto.

Camilo esperaba a la entrada del inmueble.

—¿Hablaban en serio, creés? —insistió Ernesto cuando subieron al auto.

—Sí. Tienen mucho más dinero del que nadie imagina, algunos de ellos. Preferirán que se vaya en buenas obras que en multas del fisco. De paso les dan un poco más de brillo a sus nombres.

—¿Qué es lo correcto, tú crees, o creés...? ¡Se me está olvidando el español!

—Tú crees, vos creés —dijo Javier.

—¿Dijiste o dijistes?

—Dijiste, siempre. Son taras locales. Me recuerdo es otra. Mi propio hijo terminará hablando así, a menos que se quede en México. Ojalá se quede, por su bien.

—¿Me dijo que o me dijo de que?

—Sin de. Otra tara.

—Hay muchos tarados aquí, entonces.

—Digo. Y con pisto.

Se rieron.

—Me cuesta creerlo —dijo después Ernesto, mientras veía a través de la ventanilla del auto la calle alfombrada con cohetes quemados—, tanto dinero disponible...

Aspiraron el aire frío de diciembre, aquel olor a pólvora barata. El doctor le entregó un sobrecito de

Manila. «Nepente*», había escrito con su puño en letra muy pequeña.

—Tenía miedo de que bebiera demasiado, pero va a funcionar.

—Yo también.

—Lee las instrucciones con cuidado —dijo el doctor cuando lo dejaron frente al hotel.

—Suerte, entonces.

Al ver las copas de los árboles iluminadas por los postes de la luz que pasaban por encima de su cabeza, sintió una curiosa melancolía. Por inaceptable que pareciera, *necesitaba* —ésa era la palabra justa— hacer lo que iba a hacer.

2

Solo en el estudio, abrió el sobre. Contenía dos cápsulas traslúcidas con un fino polvo color crema y un papel con instrucciones, que leyó una y otra vez. Rompió en varios pedazos el papel y fue al baño de visitas; dejó caer las trizas en la taza y se quedó viendo cómo desaparecían en el pequeño *maelstrom* higiénico.

Después de mudarse de traje y guardar las cápsulas en un bolsillo oculto, pensó en llamar a Camilo para repasar el plan de abducción, pero desistió. Mientras menos palabras intercambiaran acerca de todo aquello, mejor.

Se encontraron en el pantry; a sus narices llegó un leve olor a humo de mariguana.

—¿Todo listo?

—Todo —dijo Camilo.

—¿Las máscaras? ¿Las pelucas? ¿Los espejos?

—Ajá.

—Olés a mariguana.

—Fumé un poco.

---

* Bebida que los dioses griegos usaban para curarse las heridas y dolores, y que además producía olvido. *(N. del E.)*

—No es el mejor momento, diría yo.

—Me relaja. Me pone en automático —una sonrisa exagerada.

Era la cara de un idiota, en aquel momento. Al darse la vuelta para salir, se dijo a sí mismo: Se lo está buscando. Que se joda.

3

Durante la caminata en la oscura noche guatemalteca repasó mentalmente la serie de acciones que fundirían el destino de Clara con el suyo. Puso la tarjeta en el sensor y el portón de hierro comenzó a abrirse.

«Sonría, estamos filmándolo», leyó al introducirse en el vestíbulo, y evitó la tentación de mirar el ojo electrónico en lo alto.

Clara lo recibió sin encender la luz, pero el cansancio se oyó en su voz cuando dijo «Hola». En la penumbra, Javier la encontró extraordinariamente hermosa.

—Cada vez me pareces más guapa —le dijo.

—Gracias —levantó los brazos.

Abrió los ojos lentamente al oírla sollozar. Una claridad mínima dibujaba dos triángulos casi idénticos, cuyos lados estaban formados por las cortinas, la pared y un trazo de luz. ¿Presiente algo?, se preguntó a sí mismo. Era posible.

—¿Clara? —tentó. Y un poco más tarde—: ¿Estás llorando? —silencio—. ¿Estás bien?

Clara, que estaba de espaldas, se volvió a él con los ojos cerrados mientras se limpiaba las lágrimas.

—No me hagas caso —le dio un beso en la boca. Dijo—: Te adoro —y siguieron besándose en silencio. Esta vez ella no gritó. Exhausto, él alargó la mano para alcanzar el vaso de agua de la mesa de noche, bebió.

Durmieron dos o tres horas más.

4

Para que surtiera el efecto deseado, la sustancia debía ser ingerida después de un ayuno de por lo menos cinco horas, así que Javier aguardó. Cuando Clara salió del cuarto para ir a despedir al servicio, como él sugirió por discreción (no convenía olvidar que era un hombre casado), sacó una de las cápsulas y la abrió con mucho cuidado. Dejó caer el polvo cristalino al pichel de agua con la rebanada de limón que Clara le agregaba. (Por la mañana poco después de despertarse bebía por costumbre un vaso entero.) El polvo se disolvió: retículos traslúcidos se extendieron desde la superficie —recordaban raíces de yerbas— hacia el fondo del pichel, pero antes de alcanzarlo ya no se veían.

Cuando ella volvió, Javier estaba sentado en la cama, los pies descalzos sobre un kilim, los ojos en un punto oscuro del parqué, las manos apoyadas en el suave colchón tocando sus muslos desnudos.

—Estoy harto —dijo.

—¿Harto?

Alzó los ojos a los de ella.

—Te quiero, Clara. Quiero vivir contigo.

Clara le acarició la cabeza. Se sentó sobre sus piernas. Tomó el pichel, llenó su vaso y bebió la mitad. Luego se besaron, se tendieron en la cama uno sobre el otro y siguieron besándose y acariciándose hasta que ella perdió la conciencia. En vez de quedarse a su lado, la cubrió con las sábanas, se levantó de la cama. Recorrió el apartamento en busca de micrófonos, cámaras y grabadoras. Cuidadoso de no dejar ninguna huella, entró en el cuarto del guardaespaldas. Revisó las grabaciones de la noche: su salida, su regreso. Borró ciertos pasajes, editó. Dejando la cámara encendida, pero no las grabadoras, regresó a la sala. Marcó en su celular el número de Camilo y salió al balcón, que daba a la calle. La tarjeta electrónica, envuelta en un pañuelo, fue a caer sobre un arriate al borde de la acera en un punto ciego de las cámaras —o eso esperaba.

Regresó al cuarto de Clara. Temblaba un poco, desnuda bajo las sábanas. Se acostó junto a ella, la abrazó desde atrás. Le besó la nuca, le acarició los hombros, los pechos.

Un poco más tarde se quedó dormido.

Los sordos

I

1

—¿Quién habla? Qué pasa, Cayetano —había dicho don Claudio, la voz baja y cavernosa—. Pues venite para acá.

Eran las ocho menos cuarto, comprobó por el reloj de pared. Marcó el número de Clara; contestó Cayetano. «Sí, don Claudio, dejó su celular», explicó. Don Claudio colgó y llamó al jefe de sus guardaespaldas. Le pidió que dejara pasar a Cayetano, pero que antes lo cacheara y le quitara la pistola.

Cayetano llegó unos minutos más tarde. El guardaespaldas lo acompañó hasta el estudio.

—Podés esperar fuera —dijo don Claudio. El jefe, con una leve reverencia, retrocedió y cerró la puerta.

Don Claudio se volvió a Cayetano.

—Sentate. Contame.

Con nerviosismo, se sentó en la silla que el viejo indicaba, a dos pasos de la mesa de caoba.

—Después de la fiesta, por la mañana, doña Clara me dio el día franco. Me prestó su carro. Me lo había prestado más de una vez, como usted sabe. No noté en ese momento nada raro. Pero alguien estaba con ella, don Claudio. Estoy seguro. La cosa es que...

—¿Qué?

—No está en las grabaciones.

—¿No? A ver, seguí contando.

Había vuelto al apartamento a eso de las siete y media; a las nueve ya se había metido en la cama, como solía hacer los domingos. Ella cenaría por ahí, pensó. Se levantó al amanecer. La cocina estaba como la dejó la víspera, Juana no llegaba todavía. Doña Clara no había pasado la noche en casa, se extrañó. Buscó alguna nota explicativa—en la cocina—sobre el mostrador—entre los papeles pegados con imanes a la puerta de la nevera—y luego en el comedor—en el trinchante—y en la sala—en la mesita que estaba junto al Buda. En la mano abierta de la estatua vio el celular de la señora. No solía dejarlo allí. Supuso que lo había olvidado. Tomó el aparato y comprobó que estaba en modo silencioso. En la memoria había dos mensajes de texto de números que no reconocía, y uno de voz, de don Claudio. El de voz era del día anterior; los de texto, del domingo. «¿Dónde estás?», decía uno, identificado con el nombre de Eugenia, su amiga. «Maravillosa fiesta —decía otro, sin identificar—. ¿Cuándo nos vemos?».

Era todavía demasiado temprano para llamar a don Claudio. Llamó a su tío Chepe.

—Hiciste mal —dijo don Claudio. Parecía un ídolo de cera, imponente y amenazador, frágil y patético a la vez—. Debiste llamarme. Pero seguí.

Cayetano había revisado la cámara y micrófonos de vigilancia.

—Alguien manoseó las grabaciones, don Claudio. Estaba encendida, la cámara, pero no estaba grabando.

Había revisado la parte donde recordaba haber visto, la mañana del domingo, entrar al amigo de Clara poco después de las tres. Ya no estaba allí. Bajó a la portería para hablar con el guardia de turno. El hombre había comenzado a trabajar a las siete la tarde anterior, no vio salir a doña Clara. Cayetano no podía revisar las imágenes de vigilancia sin autorización de un superior.

¿Tal vez Clara misma había borrado aquel pasaje, su salida con ese hombre?, se preguntó don Claudio.

2

—Repetime la historia. Toda la historia —dijo, y se quedó mirando un momento el celular rojo de su hija, que Cayetano le había entregado y que ahora tenía frente a él encima de su libro de cuentas.

Cayetano parpadeó. Extrajo de un bolsillo una barrita de memoria, la puso sobre la mesa. Allí había guardado las grabaciones de la víspera, explicó.

Repitió la historia con alguna variación.

3

Detrás de la cocina había un pequeño patio techado parcialmente con láminas traslúcidas, donde los cuatro guardaespaldas de don Claudio se reunían alrededor de una mesita de plástico. Jugaban cartas, se contaban chistes o se aburrían simplemente cuando don Claudio estaba en casa y no había mandados que hacer. Era una mañana calurosa, pero los hombres vestían trajes oscuros de dos piezas (sólo el jefe estaba en mangas de camisa) y anteojos oscuros. Recibieron a Cayetano en silencio. Cayetano comenzó a alarmarse. Al cabo de unos minutos dijo:

—¿Puedo usar el baño?

Los cuatro se rieron.

—¿Se te aguadó? —preguntó uno, bajito y barrigón—. Allí está —señaló una puerta de metal en un extremo del patio—. No te vayás a ahogar.

Más risas.

—Apuesto —dijo uno— a que su madre es puta.

—No, la puta es la hermana.

—Hombre, muchá —dijo Cayetano.

No le hicieron caso. Cerró la puerta, con un espasmo intestinal. No podía creer lo que le estaba pasando. Se deslizó pared abajo hasta quedar en cuclillas.

—Deberían investigar a ese señor, ya se lo dije a don Claudio —dijo al salir del retrete.

Todos a una, los otros lo miraron, un poco sorprendidos. Alguien cortó la baraja.

—Cierto —dijo el jefe, y comenzó a repartir cartas. Iban a jugar conquián.

4

Don Claudio hizo girar su silla y se quedó mirando por la ventana la fuente de piedra, las plantas, las gotitas de rocío que pronto se evaporarían con los rayos del sol. Se llevó una mano a la cara.

Debimos irnos cuando era tiempo —pensó—, largarnos antes de este maldito país. Imaginó fugazmente una vejez distinta, con menos comodidades pero con más tranquilidad, lejos de su yate y su helicóptero (que ya apenas usaba), sus fábricas, sus inmuebles, y el banco.

Se sentó a comer, mientras Lupita retiraba el puesto de la hija, que no llegaba todavía ni daba ninguna señal.

—Llamó, no viene —había mentido don Claudio, que casi no probaría bocado.

En lugar de acostarse a dormir la siesta, llamó a Ignacio, el hijo vago. Habría preferido no hacerlo, llamar a algún amigo, pero todos estaban muertos y necesitaba hablar con alguien. «Gustavo Ignacio», leyó en una agenda vieja y maltratada. Mientras marcaba el número, comenzó a sentir hacia él un curioso afecto. ¿Algo bueno entre ellos podía haberse salvado?, se preguntó.

Ignacio acudió casi inmediatamente.

—Cerrá la puerta —le dijo don Claudio cuando pasaron al estudio.

Ignacio cerró la puerta con un gesto solemne —¿y tal vez un poco burlón?, se preguntó don Claudio.

5

Comenzaba apenas a contarle, cuando sonó el teléfono. El viejo dio un respingo en su silla y su rostro
cambió. Era Clara.

«¡Por Dios! —exclamó—. ¿Estás bien? ¿Qué pasó?
¿Dónde estás? No oigo nada».

Hubo una pausa.

—Porquería —se quedó mirando el pequeño aparato—. Porquería de señal —lo dejó caer de su mano a
los papeles que cubrían la mesa.

—¿Era ella? —preguntó Ignacio—. ¿Está bien?

—Está en la carretera, eso entendí. La llamada se
cortó. Supongo que llamará otra vez.

—Seguro —dijo Ignacio, y el teléfono volvió a sonar.

—Contesta tú.

Ignacio alargó una mano para tomar el teléfono.

«¿Clara? ¿Estás bien?»

—Otra vez se cortó, pero está bien. Tal vez vuelva
a llamar.

Pasaron cinco, diez minutos.

—¿La llamamos?

Parsimoniosamente, como con temor, el viejo marcó en el teléfono antiguo. En la manera como Ignacio lo
miraba detectó un poco de ternura, pero crítica también.
Como si creyera que merezco todo esto, pensó.

—Nada.

—Márquelo otra vez.

El viejo volvió a marcar.

—Ocupado.

Un poco más tarde, una tonada popular sonó en
el celular de don Claudio.

«¡Clara! —contestó—. ¿Eres tú? No se oye nada.
¡Mierda!». Se quedó mirando el aparato.

—El número, ¿es el mismo? —preguntó Ignacio. Asintió.

—A ver. Pero no. No es el mismo —Ignacio tomó el aparato, devolvió la llamada—. Salió el buzón —dijo—. Está lleno, ya no acepta mensajes —una pausa—. Pero llamó, sabemos que está bien, al menos.

Ignacio se quedó a almorzar.

Pensando en lo contenta que habría estado Catalina al ver a padre e hijo reunidos, don Claudio se sintió momentáneamente satisfecho; había tenido una buena vida, después de todo, y quizá la distancia que lo separaba de su hijo podría, con un poco de buena fe, acortarse, sintió. Clara estaba bien, lo había oído de su propia voz. Estaba de un humor casi expansivo.

6

Cuando el jefe de guardaespaldas lo condujo de vuelta al estudio de don Claudio, Cayetano sintió que había caído en una trampa. Me van a entregar, se dijo a sí mismo con incredulidad. Don Claudio lo presentó a su hijo.

—Tranquilo, Cayetano. Llamó Clara. Está bien.

Cayetano alzó las cejas.

—¡Gracias a Dios! —sacudió la cabeza. Dijo—: Qué bueno, don Claudio —suspiró—. ¡Qué susto! —una sonrisa amplia, otra sacudida de cabeza.

El otro guardaespaldas saludó a don Ignacio con una leve inclinación.

—¡Traele su pistola! —le gritó don Claudio cuando se retiraba, antes de que Ignacio cerrara la puerta a sus espaldas.

Cayetano, húmedos los ojos, sonreía aún.

—¿Te dieron algo de comer? —le preguntó don Claudio.

Ignacio introdujo la barra de memoria en la computadora, que estaba en un rincón del estudio. Cayetano le ayudó a localizar los pasajes del día de la fiesta, los trozos que él estaba seguro que habían sido alterados. Parecía inverosímil —se decía a sí mismo don Claudio a medida que escuchaba las grabaciones— cuánta estupidez cabía allí.

—Ahí están —dijo Cayetano más tarde, y congeló la imagen.

Don Claudio y su hijo se miraron entre sí.

—Es Picofino.

El viejo asintió.

—Mi nuevo abogado.

—Vive en Ginebra éste, ¿no?

—¿No lo habías visto antes, Cayetano?

—Tal vez sí. Pero hace tiempo.

—¿Cuándo?

—Pudo ser en abril.

—¿Dónde?

—En la playa. En Monterrico.

El viejo parpadeó.

—No puede ser. Estaba en Suiza. Eso me consta. No importa. ¿Y al otro?

Cayetano negó con la cabeza.

Ignacio dijo:

—Creo que sé quién es.

7

Cayetano respiró con alivio cuando le devolvieron la pistola. Don Claudio le ordenó regresar al apartamento y permanecer allí. En cuanto tuviera noticias de Clara debía avisar. Mejor que Juana no se enterara de nada. Ni ella ni nadie —don Claudio quería que eso quedara bien claro.

—Hay algo que no cuadra —le dijo a Ignacio después—. Según él, pasó la noche con tu hermana.

—¿Javier? Imposible no es.

—Está casado.

—Bueno —hizo una mueca incómoda.

—Es mi abogado. Pero ¿al otro, lo conocés?

—No vive en Guatemala. Algo leí sobre él en el periódico hace un año o así. Vivía en Italia, creo. Médico. Eminente, decía la nota.

—¿Volvemos a probar ese número? —sugirió un poco más tarde.

Esta vez sí hubo respuesta. Una voz infantil, una risa.

«¿Con quién hablo?», dijo suavemente don Claudio.

«Con Micaela.»

«Perdón, no se oye bien. ¿Micaela, decís?»

Había oído en el fondo, estaba seguro, un burro rebuznando.

«¿Con quién hablo, perdón?»

«Con la tienda.»

«¿Qué tienda?»

«La tienda de José.»

«¿Dónde queda?», dijo, como divertido.

«En Uspantán.»

Una pausa.

«¿Micaela? ¿Cuántos años tenés?»

«Seis.»

«¿Están tus papás?»

«No.»

«¿Dónde están?»

«En Uspantán. Sí, Uspantán, el Kiché.»

«¿Y ese teléfono?»

«¿Sí?»

«¿Quién te lo dio?»

«Me lo regalaron» —la erre inicial, arrastrada estilo maya, sonó como *sh*.

«¿Quién te lo regaló?»

«Una doñita que pasaba.»

Del otro lado oyó un gruñido, y la comunicación se cortó.

—¿Uspantán? —dijo Ignacio.

—Sí, Uspantán, el Kiché.

8

El *ringring* le hizo echar la cabeza para atrás, aunque hacía ya día y medio que esperaba la llamada de don Claudio.

—Licenciado —dijo don Claudio—. Quisiera verlo. ¿Puede usted venir?

—¿A su casa? ¿Ahora mismo? —dijo Javier.

—Si es posible.

Lo recibió un guardaespaldas en traje y anteojos oscuros, que le hizo subir por un tramo de escaleras volantes sobre una pequeña jardinera, y continuaron por un corredor de parqué entre altas vidrieras. Era una galería del mal gusto, pensó. El cuadro del lago en colores pastel, los indígenas geométricos, sin caras, el mercadito primitivo, el huipil enmarcado...

Don Claudio aguardaba en el estudio sentado a su gran mesa de caoba. Con pants y sudadero deportivo tenía un aspecto de entrenador de fútbol jubilado. Invitó a Javier a sentarse en un sillón. Los ojos negros y ojerosos que lo escrutaban sin recato no dejaron de incomodar a Javier.

—A sus órdenes —dijo.

Don Claudio colocó ambas manos deliberadamente en la mesa cubierta de papeles, las levantó, las cruzó sobre el vientre.

—Gracias por venir tan pronto, licenciado.

Miraba a Javier con una fijeza diamantina; sorprendente, pensó Javier, en alguien de su edad.

Acababa de volver de Ginebra, dijo. Su reloj biológico todavía no se adaptaba.

—¿Cuándo fue la última vez que habló con Clara? —preguntó don Claudio a quemarropa.

—¿Clara? Estuve el sábado en su casa, usted sabe, la fiesta que dio.

La mirada del viejo seguía fija en Javier.

—¿No la vio, no le habló después?

—No. ¿Pero qué pasa?

—Desde ayer no sabemos dónde está.

Javier cerró los ojos, los abrió.

—Le escucho —dijo. Palos de ciego, se tranquilizó a sí mismo. Agregó—: Me dijo que iba a pasar el día en casa. Le mandé un mensaje de texto al celular. No me contestó. Yo vuelvo a Ginebra el veintiséis y habíamos quedado en vernos antes. Tenemos varias cosas de que hablar, como usted sabe.

Don Claudio negó con la cabeza.

—¿Qué relación exactamente tiene usted con mi hija, Javier?

Se hizo para atrás.

—Hemos sido amigos desde hace muchos años, usted lo sabe.

—¿Eso es todo?

—Eso es todo.

—Tal vez no miente usted, pero tal vez sí miente.

—No lo tomo a mal, don Claudio, por las circunstancias. Pero ¿por qué iba a mentirle yo?

—¿No está casado?

—Me estoy separando.

El viejo asintió lentamente.

—¿No tiene idea de dónde puede estar?

Movió la cabeza con un gesto vacilante.

Recordaba algo que pasó durante la fiesta, dijo.

—¿Sí?

—Estuvimos hablando de la posibilidad de fundar un sanatorio para gente sin recursos. Pero ella estaba triste. Ni eso serviría para llenar el vacío que sentía, me dijo.

—¿Vacío?

—En su vida.

El efecto de la frase fue más o menos el que Javier había esperado. Don Claudio tragó saliva.

—No entiendo —dijo—. ¿Qué podemos hacer? —su expresión, de pronto, era la de un niño asustado.

Javier dijo:

—Yo creo que no habría que perder tiempo. Si me permite, puedo recomendarle a alguien. Un detective, sí.

—Ya hablé con uno, pero gracias —dijo don Claudio.

Javier se puso tenso. No tengo por qué estarlo, razonó. La rigidez de su espalda, un cosquilleo en las corvas —no era fácil pasar esto por alto.

—El guardaespaldas de Clara —dijo don Claudio— nos entregó estas grabaciones, hechas durante la fiesta. Alguien las manipuló, dice él.

—¿Es posible?

—Dice que lo vio volver a usted al apartamento de mi hija al terminar la fiesta. También dice que pasó la noche con ella.

—¿Eso está en la cinta?

—No.

—Y usted cree que yo la manipulé. ¿Por qué? ¿Por mi mujer? Hace dos años que no vivimos juntos. Le doy mi palabra de honor: no tengo idea de dónde pueda estar. Me preocupa. Me preocupa mucho.

Don Claudio bajó la mirada, la alzó.

—¿Tiene diez minutos más, licenciado?

9

La apariencia pulcra y natural del joven guardaespaldas, que no llevaba el traje oscuro ni anteojos de sol, lo tomó por sorpresa a Javier. Maquinalmente, lo compa-

ró con Camilo. Cayetano, más joven, más alto, llevaba las
de ganar. Y tampoco parecía tonto. Don Claudio los presentó. Javier no le extendió la mano, pero dijo «mucho
gusto» con cordialidad superficial y se echó hacia adelante
en su asiento. El otro apenas inclinó la cabeza.

—A ver —dijo, y sacó su celular—, oigamos tu
historia.

Un sentimiento de odio se reflejó momentáneamente en la cara del muchacho, mientras Javier enviaba
un mensaje de texto.

—¿Mi historia? —se compuso el pantalón; ahora
parecía perturbado, pensó Javier con satisfacción.

—¿Me viste introducirme en el apartamento de
doña Clara Casares el domingo por la madrugada? ¿Viste —se señaló la cara— esta cara?

—Es verdad que no lo vi de frente. Pero la persona
que volvió después de la fiesta me parece que era usted.

—Muy bien —dijo Javier. Juntó las manos, apoyó dedo contra dedo. Miró a don Claudio, dijo no con la
cabeza—. Pero no era yo.

—¿Cuándo pensaba volver a Ginebra, me dijo?
—preguntó don Claudio.

—Dentro de cinco días.

—El veintiséis —don Claudio lo anotó.

Un gato negro estaba explorando la fuente del otro
lado de la ventana. En ese momento sonó el viejo teléfono,
el que ya nunca sonaba. Don Claudio se abalanzó sobre el
auricular con una rapidez inesperada. El gato se ocultó
entre las plantas.

«¡Hija! ¿Estás bien? ¿Pero dónde estás?»

Javier miró a Cayetano. «¿Ves?», decían sus ojos.
Después de unos segundos, una vez más, la comunicación se perdió. Don Claudio maldijo.

—¿Está bien? —preguntó Javier.

—Parece que sí.

II

1

Durante las próximas semanas, una serie de cambios fueron operándose en la casa de don Claudio Casares, y todos tenían como núcleo la misteriosa desaparición de Clara. El acercamiento que se produjo entre don Claudio y su hijo fue el más notable: más de una herida antigua terminó de sanar. Ahora era Ignacio quien llegaba a almorzar con el anciano casi todos los días.

Sobre Clara sabían poco más de lo que habían sabido, o creído saber, desde la primera llamada. Llamaba desde números distintos, y no lo hacía nunca desde el mismo sitio, como verificó el detective de Lloyd's (la aseguradora de la cual don Claudio, como todos los directores del banco, tenía una póliza contra secuestros). Michael McClosekey, el detective, era un joven gordo y mal vestido proveniente de Florida que no había estado nunca en Guatemala.

En sus siguientes llamadas, Clara, sin dar explicaciones, seguía afirmando que estaba bien, y a los ruegos insistentes del padre, que le pedía que volviera, respondía que sí, que iba a volver, pero no todavía.

Don Claudio fue encajando el golpe lentamente. Se pasaba las mañanas encerrado en su estudio, y trataba de distraerse —sin conseguirlo— con los proyectos que Clara y él habían puesto en marcha durante el último año. En realidad hacía poco más que aguardar el timbre del teléfono. Y las llamadas —a intervalos de dos o tres días— no dejaban de llegar, siempre breves y unilaterales, pues apenas él comenzaba a protestar, cesaba la comunicación.

Ignacio solía presentarse un poco después de mediodía, en compañía de Cayetano, quien, según el deseo de don Claudio, era ahora su guardaespaldas. Se reunían en el estudio, y a veces McClosekey acudía también y los ponía al tanto de sus averiguaciones. Había solicitado las grabaciones del edificio donde vivía Clara, y con su dictamen (en efecto, alguien había entrado en el edificio aquella madrugada con la tarjeta de Clara, pero no era posible, por la pobre resolución de las imágenes, determinar quién era) había dejado a Cayetano libre de sospecha. Había entrevistado al licenciado Robles un día antes de que volviera a Ginebra. A principios de abril —pudo verificar por Migración— había estado en el país; una visita de dos días, el licenciado no lo negaba. A Camilo también lo investigaba, aunque —aclaró— de lejos. Pero al parecer hacía vida normal, para un guardaespaldas —entre el apartamento, donde se alojaba aun en ausencia del licenciado, un gimnasio, un polígono de tiro y dos o tres cantinas o burdeles. No había que perderlo de vista, en cualquier caso, aconsejó. La desaparición de Clara era un misterio insólito, decía. Sólo quedaba seguir aguardando. Cuando el detective, visiblemente frustrado, se marchaba, padre e hijo se sentaban a almorzar —cada vez más taciturnos, pensaba don Claudio con melancolía.

Habían acordado mantener en secreto la desaparición de Clara. Terminados sus estudios —explicaban— había emprendido un largo viaje sabático.

—¿Cuándo tiene pensado volver? —preguntaba una vieja amiga de doña Catalina, o algún pariente fisgón.

Don Claudio contestaba con una sonrisa evasiva. Es libre como el viento, ustedes saben, decía.

A veces, en la expresión del interrogador podía verse un asomo de duda, y don Claudio desviaba —hostil o cordialmente, según el caso— el tema de la conversación.

Las tardes se dividían entre una larga siesta, las rutinarias sesiones de terapia física y alguna visita esporádica (aunque cada vez con más frecuencia don Claudio daba alguna excusa para no recibir). Cenaba al oscurecer, veía el noticiero de las ocho o alguna película que Ignacio alquilaba para él, y a las diez ya estaba en la cama.

2

Transcurridos casi cuatro meses, Javier volvió a presentarse en casa de don Claudio. El motivo: por medio de su antiguo notario, el viejo había expresado la voluntad de invalidar las transferencias que había hecho a favor de su hija durante el último año. Necesitaba, por tanto, la asistencia del licenciado Robles para resolver «una serie de asuntos de carácter protocolario».

—Se puede hacer, desde luego —le dijo Javier—. Con consentimiento de ella. Sin su firma, habría que incurrir en algún tipo de falsificación. Yo comprendo sus motivos, don Claudio. No le aconsejo que lo haga, sin embargo. No ahora mismo, por lo menos. Pero, claro, no sería yo, no podría serlo, el instrumento. ¿Me entiende? Pero, dígame, qué noticias tienen de Clara.

—Ya no creo que se trate de un secuestro. Creo que nos abandonó. Simplemente, no lo entiendo.

—¿Saben dónde está?

—Podría estar en cualquier sitio.

Los informes telefónicos que les había mostrado el detective eran desconcertantes, siguió diciendo don Claudio. Hoy llamaba desde un pueblo de occidente; luego desde uno del norte, y al otro día de uno de oriente o del sur. Había llamadas hechas a través de Skype, y el investigador no descartaba que tuvieran origen en algún país extranjero. México, Belice, al principio; luego, quizá, pudo llamar desde Europa, y finalmente había indicios de que llamaba desde África. Hasta que, hacia finales de abril, las llamadas cesaron.

—Tiene razón, es muy extraño. No es fácil saber qué pensar.

3

—A mis años, no puedo confiar en nadie —dijo don Claudio, y miró a su hijo y luego a Cayetano—. ¿Tú lo crees capaz a Javier? No tiene moral, es claro. Pero parece imposible. Prácticamente imposible, quiero decir.

Ignacio dijo:

—Cayetano aquí sigue convencido. Yo comienzo a dudar. Tal vez sabe dónde está.

—Pero él está en Ginebra casi todo el tiempo. A su muchacho, Camilo, no le quita el ojo el de Lloyd's. Un zángano de cantina, al parecer —dijo don Claudio.

—Culturista también. ¿Nada nuevo sobre Clara, entonces?

—¿No viste el informe? Parece que anduviera de gira. Los últimos mensajes, es el colmo.

—Podrían inducirla a mandarlos. Es posible que sean falsos, ya lo dijo el detective.

—Me gustaría creerlo. Pero su voz suena tan... natural. Como si no le importara. Esto hubiera matado a tu mamá.

Desde el fondo acuoso de los ojos del viejo un brillo surgió súbitamente.

—Me va a matar a mí —profetizó.

4

«¿Y vos qué? —le preguntó Chepe a Cayetano—. ¿Te olvidaste de los amigos?».

Cayetano, que no había reconocido el número, se alegró al oír la voz.

«Hombre, tío —dijo—, cambió de número».

«Apuntalo, que es el nuevo. El otro lo podés tirar.»

Tenía noticias, no muy buenas, dijo el tío Chepe. Lo habían dado de baja al fin. Don Ramón, su jefe, se había ido a Boston. No pensaba volver. Ya no sabía si estaba enfermo de veras, o si sólo se largaba por la inseguridad que había en el país, el muy hueco, le dijo. Él estaba buscando trabajo, aunque sin suerte. Había visitado el pueblo, pero allá las cosas tampoco estaban bien. ¿Cómo le iba a Cayetano?, quería saber. Quedaron en encontrarse en el polígono; Chepe pensaba ir a ver a Igor, que tal vez sabía de una chamba, le dijo.

—¡Cayetano! —exclamó Igor, el expolicía—. Qué bien verte por aquí. Qué, ¿vas a unirte a la fuerza, hijín?

Cayetano correspondió el fortísimo apretón de manos, negó con la cabeza.

—No todavía.

—Nunca es tarde.

—¿Chepe no anda por aquí?

Igor lo miró con cierta extrañeza.

—No —dijo—, ya casi no se le ve. Yo pensé que andaba por el pueblo.

—Está silencio —dijo Cayetano, mirando alrededor.

—Como andan las cosas —dijo Igor— ya casi nadie tira —se rió de manera siniestra—, si no es a matar. Cualquier día de éstos cierro y convierto esto en una arenera. ¿Cómo está esa puntería?

Cayetano no dijo nada, ladeó la cabeza con modestia.

Vació la primera tolva, la segunda, la tercera, como siempre, sin fallar —y ahora tiraba a un blanco movible del tamaño de un naipe.

—¡Bravo! —exclamó Chepe, que llegó apenas a tiempo para ser testigo del último despliegue de destreza. Le dio unas palmadas en la espalda—. Disculpá la tardanza. Quiubo, Igor —pero Igor no mostró mucho entusiasmo.

Trabajo, como Chepe podía ver, no había, y tampoco estaba al tanto de ninguna posibilidad de empleo para él, le dijo Igor.

—¿Una chevecha? —invitó Chepe a Cayetano cuando salieron del polígono.

—Gracias, tío. Sí. Esa cosa me da sed —sonrió.

Chepe habló del pueblo y de su hermana. Las cosas no habían ido bien entre ellos dos; Encarnación le reprochaba todavía que le hubiera sonsacado a Cayetano.

—Y aquí estoy de vuelta, Cayo, buscando chance —repitió—. Allá ya no me hallo.

Estacionaron uno detrás del otro frente a la Luz de Oriente, una pequeña cantina, un cuchitril alargado entre una cara del barranco y la carretera, a pocos metros del polígono. Se sentaron a una mesita cerca de la única ventana.

—¿Qué está pasando? —El tío pidió dos litros de cerveza.

—Poca cosa.

—¿Cómo? ¿Y la doña, apareció?

—¿Qué voy a decirle? Me ordenaron no hablar de esa vaina con nadie.

—Pero ¿está secuestrada?

—Ya no sé qué creer.

—¿No sospechan de vos? No falla, en estos casos —eructó.

—Sabe —dijo Cayetano—, la parada aquella en el putero terminó favoreciéndome. Salimos en las cámaras. Así pude probar que esa tarde, la tarde que desapareció doña Clara, estábamos allí usted y yo.

—¿No tienen otras pistas?

—Ellos no. Yo creo que fue el hombre ese, el que se quedó con ella, el que se la componía.

—¿El licenciado?

—Ajá.

—Si no se ha comunicado... ¿en cuánto tiempo? ¿Un mes? ¡Dos! —dijo Chepe—, tal vez la palmó. Alguien podría aprovechar.

Cayetano rechazó de entrada el juego que su tío, tácitamente, proponía jugar.

—Es la cosa, tío. Ella sí se ha comunicado. —Explicó que, de vez en cuando, llamaba. Era extraño, pensó Cayetano: inesperadamente su tío le inspiraba desconfianza—. Puede ser un truco, claro —agregó.

—Unos tipos —dijo el tío— secuestraron a un viejo, pero se les murió. Tenía diabetes, creo. Un pariente político del muerto se hizo pasar por secuestrador. Retocó unas fotos, era bueno para eso. Cobró el rescate, al fin.

—¿Y qué pasó?

—Nada.

—¿Y?

—¿Cómo, y?

—¿Usted, cómo lo sabe?

Chepe, de nuevo, lo miró de una manera cómplice, y Cayetano creyó comprender. Dijo:

—Váyase a la mierda, quiere.

5

La *vida* era una mierda, pensó Chepe cuando Cayetano salió y lo dejó solo con el litro de cerveza a medio beber. Otros tres guardaespaldas estaban en el extremo opuesto de la cantina. No tenía ganas de beber con ellos; a saber qué aberración estaban celebrando, pensó. Se dio vuelta en la silla y se quedó mirando por la ventana la cara opuesta del barranco, cubierta de vegetación: higuerillos, amapolas blancas, chichicaste.

El hombre alto y bien vestido que entró en la cantina miró a su alrededor.

Chepe había estado preguntándose por él; lo saludó con alegría.

—Camilín —le dijo, y le extendió la mano—, vaya, hombre, qué bueno verte.

—¿Y vos?

—Aquí, buscando chamba, ja, ja.

—Pues yo estoy igual.

—¿Te corrieron?

Camilo echó una mirada alrededor.

—Se fue a vivir a Europa, el puto.

—¿Picofino?

—Sí, Picofino.

—Las ratas están dejando el barco, ¿no? ¿Tomamos algo?

Camilo asintió.

—¡Dos lirios! —gritó Chepe al cantinero.

—¿Tenés pisto?

—Me queda un poco —se sonrió—. Contá, pues, ingrato.

Después de echar un vistazo al grupo en la otra mesa en el fondo de la cantina, comenzaron a hablar en voz baja.

6

Cuando Cayetano fue a entregar su cheque mensual a Juanita, en la guardianía le dieron un sobre tamaño oficio. «¡URGENTE! Para Claudio Casares», decía en grandes letras rojas.

—¿Quién lo trajo? —quiso saber Cayetano, mientras examinaba el sobre; no había remitente.

—Un mensajero.

—¿A qué hora?

—Despuesito de las ocho.

—¿Estará filmado?

—Yo digo que sí.

Encontró a don Ignacio leyendo, echado en pijama en el sofá de la sala. A su lado, sobre el brazo del sofá, había un tazón de café a medio beber.

—¿Qué es esto? —dijo. Se incorporó en el sofá, le dio vuelta al sobre, no lo abrió.

—Lo dejaron donde ella —dijo—. Un mensajero...

—¿Y mi papá?

—Preferí avisarle antes a usted, don Ignacio.

Durante el trayecto de vuelta al otro lado de la ciudad, Cayetano condujo en silencio. A izquierda y derecha se sucedían las vallas de publicidad —una hermosa mujer que parecía estar muerta anunciaba un modelo de zapatos MD de tacón alto (el cuerpo calzaba sólo uno). «Están de muerte», decía el eslogan.

7

Don Claudio, en bata de toalla color vino tinto, la cabeza despeinada, la cara más pálida que de costumbre por la falta de sueño, descoloridos los labios, los recibió en el estudio. Tomó el sobre y lo abrió con avidez; estaba ansioso, crispado.

Con una mano temblorosa sacó una hoja de papel impresa; leyó el nombre del banco del cual había sido director durante treinta años. Debajo aparecía una cifra de siete dígitos, las palabras: «A pagar en dólares»; y una dirección de correo electrónico, a la que don Claudio debía escribir en cuanto estuviera listo para efectuar el pago.

Ignacio se puso al lado de su padre para leer él también.

—Grabaron imágenes del mensajero que lo llevó —informó Cayetano.

—Quiero verlas. Andá por ellas —le dijo don Claudio, mientras marcaba el número de McClosekey.

«Venga en cuanto pueda», dijo al aparato.

—Como primer contacto, en cualquier caso, es muy extraño. Pero estamos en contacto, al fin —dijo McClosekey, que había estado a punto de volverse a Miami—. Lo curioso, me parece, es que no haya llamado últimamente. Necesitamos otra prueba de vida.

Don Claudio pidió a su hijo que mostrara al detective las imágenes del mensajero. La cámara de vigilancia colocada en el voladizo de la garita había capturado al motorista que llevó el sobre, pero no podía vérsele la cara por el casco, que tenía visera; era delgado, vestía un uniforme gris sin insignias y, encima, el chaleco reglamentario y la matrícula: BZ18167.

—Puede ser falsa, desde luego —dijo el detective.

Don Claudio se puso de pie muy lentamente, a pesar de las protestas del detective, que se despidió diciendo:

—Mi vuelo queda en suspenso. Claro. Estoy con ustedes para lo que se presente, don Claudio, don Ignacio —una pausa—, Cayetano.

8

En casa de Ignacio, Cayetano se encontraba más cómodo que en el apartamento de Clara. El cuarto que le asignaron era más amplio y tenía una ventana de buen tamaño que daba a un pequeño jardín. No había cámaras de seguridad ni sistema de micrófonos, y la sensación de amenaza en aquel barrio de clase media era prácticamente nula. Ignacio le había pedido que dejara de usar el arma (sólo cuando iban a ver a don Claudio le permitía llevarla) y trabajaba simplemente de chofer y mandadero.

Era una casa de un solo piso, con cuatro cuartos —todos llenos de libros, revistas, periódicos—, cocina y sala-comedor. Ignacio no tenía sirvientes, salvo una mujer que llegaba a hacer la limpieza y a lavar ropa una vez a la semana. Desayunaba tarde, cuando ya Cayetano había terminado de lavar el auto y volvía con la compra del mercado. Solía cenar en casa, e insistía en que Cayetano le acompañara a la mesa. Al principio, él se sentía un poco incómodo, consciente de sus modales rústicos, pero Ignacio no hacía caso de las protestas y al cabo de pocas semanas el modesto ritual de la preparación de la comida y la mesa compartida había comenzado a parecerle algo natural y aun placentero.

—Usted sabe, creo que ese gringo nos ha estado siguiendo.

—Anoche, sí. Yo también lo noté.

—¿Y al licenciado, también lo están investigando?

—¿A Robles? No ha servido para nada. También a su guarura lo han seguido.

Cayetano se rascó la cabeza.

—Lo vi esa noche, don Ignacio.

—Es posible equivocarse, con las cámaras. De todas formas —siguió poco después Ignacio—, hace como una semana que salió del país. Volvió a Ginebra. Mi viejo ha estado en contacto con él. Sería una locura, si lo que decís es cierto. Aunque *sí* creo que ha sido amante de mi hermana. Pero eso es otro asunto. Ahora está claro que la tienen secuestrada, pero no él.

9

Por la tarde, después del almuerzo en casa de don Claudio, padre e hijo redactaron un mensaje para enviarlo a la dirección de Internet indicada: «La mitad de la cifra ha sido obtenida mediante enormes esfuerzos. Para completarla harían falta años. Al recibir una muestra reciente del producto podemos proceder a la entrega».

La respuesta, enviada desde una Blackberry, no se hizo esperar: «Déjese de pendejadas, viejo cabrón —decía—. El producto se está deteriorando. Duplique esa mierda y téngala lista mañana por la tarde. Confirme a la siguiente dirección...».

Después de deliberar con el detective y con Ignacio, don Claudio escribió con cuatro dedos en su computadora: «Necesitamos prueba reciente antes de cerrar negocio». Envió el mensaje a la nueva dirección con un ansioso clic.

Mientras aguardaban la respuesta, McClosekey sacó de un portafolio de Lloyd's unas fotografías, una barra de memoria y el resumen de su último informe, que puso en el escritorio.

—He podido averiguar un par de cosas —explicó—. ¿Cayetano está por aquí? Nos ayudó bastante, la imagen del mensajero. La matrícula del chaleco era auténtica. Logré entrevistarme con el dueño, un mensajero *free lance*. Recordaba bien haber llevado el sobre, me aseguró. Alguien lo contactó en la calle, cerca de un supermercado, para darle el encargo. La Torre, en Las Américas. Pues fui al supermercado y conseguí que me dejaran ver las tomas de seguridad del día diez, el día que llegó el sobre. Vean —empujó una foto al centro de la mesa; don Claudio estaba aturdido—. Aquí está él en su motocicleta, y —presentó otra foto— aquí está el otro, en el momento en que le entrega el sobre. No se le ve la cara, pero puede ser útil, para empezar.

El hombre de la foto, una mano tendida hacia el mensajero que recibía el sobre, era alto y gordo y tenía un corte de cabello militar.

—Tiene pinta de matón —dijo Ignacio—. Habría que enseñarle esto a Cayetano.

El detective no estaba de acuerdo.

—En su momento —dijo—. No quisiera alarmarlo. A él también lo estoy investigando.

—¿Y a mí no? —dijo Ignacio, como broma.

—No me ha dado razón —dijo McClosekey con buen humor.

Don Claudio tomó la foto, se quedó mirándola.

10

«Si sigue haciéndonos la cansada, le vamos a mandar una oreja, viejo cerote», don Claudio leyó en voz alta y con indignación el nuevo mensaje.

—¿Prueba de vida, don Claudio? —preguntó el detective.

—No.

—No están siendo razonables.

—Son unos hijos de puta —dijo don Claudio.

«Necesitamos más tiempo. Insistimos en prueba de vida», fue el mensaje que enviaron, y la respuesta llegó pronto:

«Si no están listos mañana, va la oreja.»

Pese a que el detective lo desaconsejaba, don Claudio respondió media hora más tarde:

«La suma propuesta, más el treinta por ciento, estará lista el viernes. Manden foto del producto con la prensa del día.»

Y al cabo de quince minutos:

«Listos el viernes. Si no entregan, va la cabeza, viejo hijo de cien mil putas.»

11

La prueba esperada no llegó aquel día, que era miércoles. El jueves por la mañana don Claudio pasó algún tiempo ojeando los periódicos. No era una actividad reconfortante —su atención se veía inevitablemente atraída por noticias como éstas:

«Panamá (EFE)—. Guatemala vive la "vergüenza" de haber superado ya las muertes violentas de mujeres de Ciudad Juárez con un aproximado de seiscientas muertes por año, cien más que en esa urbe mexicana, dijo hoy en Panamá la secretaria presidencial de la Mujer Guatemalteca, Sonia Escobedo.»

«El cadáver de una estudiante, con la cabeza perforada por un disparo de 9 mm y golpes en el cuerpo, apareció en una calle de un barrio de la periferia urbana.»

«Cuarenta puñaladas y degüello. Astrid Gómez fue secuestrada a finales de año en la Universidad de Guatemala. Ileana y María, sus hermanas, se cansaron de ir a la fiscalía hasta que un día les preguntaron si no tenían nada mejor que hacer...»

«María Estefanía, de dieciséis años, muere de un golpe de hacha en el cráneo. Cuenta su madre: "Me costó reconocerla porque mi hija era muy linda. Tenía los ojos inflamados de tanto golpe, parecía chinita: la cara y el cuello llenos de hoyitos. Los hoyitos eran porque la habían tenido amarrada de pies a cabeza con alambre de púas".»

«El cadáver de una mujer lapidada fue encontrado la mañana de este miércoles en una calle vecina a la iglesia de Santiago Sacatepéquez, Sacatepéquez, informaron los bomberos municipales. La mujer tenía entre treinta y treinta y cinco años, pero no fue posible su identificación.»

«Vecinos del caserío Camposeco fueron conmocionados al observar a orillas del río Selegua el cuerpo flotante de una mujer, por lo que de inmediato dieron aviso a las autoridades. Los médicos forenses realizaron la autopsia al cadáver, en estado de putrefacción, el cual ya no tenía piel, sólo la osamenta era visible y además se observaban algunos trozos de ropa. Se concluyó que tenía entre diez y trece días de haber fallecido.»

Prueba de vida o no —se dijo a sí mismo don Claudio, con indignación y con rabia—, iba a pagar el rescate.

12

Una brumosa mañana, siguiendo las instrucciones de un dudoso secuestrador —que iban llegando en forma de texto a su teléfono celular—, Ignacio condujo el auto de Clara hasta un centro comercial en las afueras de la ciudad. En el baúl llevaba un bolso de viaje lleno de billetes de dólares de varias denominaciones, cerrado con un pequeño candado de alta seguridad, cuya combinación de siete dígitos había cambiado un momento antes de encender el auto, también siguiendo instrucciones. Permaneció en el sótano del centro comercial durante diez minutos —según las instrucciones— y salió para tomar la carretera a El Salvador. Siguió, mientras el tráfico en los dos carriles de la dirección opuesta se hacía tan denso que tendía a la inmovilidad, hasta el kilómetro dieciocho y medio, donde —siguiendo instrucciones— se desvió hacia el pueblo de Fraijanes. Trescientos cincuenta metros más allá del cruce, al lado de una gran piedra pintada de naranja y blanco (propaganda electoral) detuvo el auto y se bajó. (Estoy viendo una película —se dijo a sí mismo con distanciamiento—; algún día debería escribir acerca de esto.) Quitó la llave del baúl, donde estaba el bolso de viaje con el dinero, y se alejó del auto para seguir por un camino de tierra. Eran las siete cincuenta, y un autobús extraurbano debía pasar por allí a esa hora, rumbo a la ciudad, decían las instrucciones. Y, en efecto, en ese momento oyó, en lejanía, la bocina de un autobús. Más allá de una verja de izotes enhiestos se extendía un potrero; imaginó que el cobrador podría acercarse por el bosque de pinos que se alzaba al otro lado para evitar ser visto por un posible satélite (cortesía de Lloyd's, ¿ilusorio tal vez?). El camino de tierra se bifurcaba hacia un extremo del potrero y bordeaba una hondonada. De pronto, se oyó el zumbido de autos que bajaban por la autopista, pero el viento cambió y el tráfico dejó de oírse. Dobló a la derecha y siguió por el camino de tierra, que ahora era más angosto; llevaba entre dos cercas de alambre de púas. Otro mensaje: «Abordar bus Libertad rumbo Capital». El autobús hizo sonar dos veces la bocina. Salió a tiempo de nuevo a la carretera secundaria que llevaba a Fraijanes para hacer señas al autobús. El autobús La Libertad iba lleno, pero le dejaron subir. Se hizo lugar entre los campesinos y se agarró del tubo sobre su cabeza, que estaba tibio y grasiento por el toqueteo de mil manos. El intenso olor de la vida campesina le llegó a las narices. Ser guatemalteco —pensó con desencanto—. Oler así —carbón, humo de leña, pedos—, tener guardaespaldas, rescatar a tu hermana. Pero también estaban los olores del diesel mal quemado, de los frenos desgastados y de la brisa matinal, que entraba a ráfagas por las ventanas, todas piadosamente abiertas. Se pasó la carga de un hombre al otro para cambiar la mano con que se asía al tubo en lo alto.

Así de sencillo, se dijo a sí mismo un poco más tarde al entregar el bolso de viaje a un viejo campesino que le tocó el hombro tres veces con un dedo, como decían las instrucciones. El viejo se apeó inmediatamente (el bus se había detenido en el momento mismo de la entrega). Él no se bajó hasta la parada de Don Justo, siempre siguiendo instrucciones. Allí esperó otro autobús, para deshacer el camino hasta el auto de su hermana —y dejó de recibir instrucciones.

13

Pasando frío, Chepe había esperado al viejo campesino en un recodo del sendero entre los pinos. Ahora el sol había salido del otro lado de la hondonada y su calor era como un bálsamo que lo relajaba.

Asiduo lector de periódicos, Chepe estaba seguro de que el acto que iba a consumar quedaría documentado en la sección de sucesos; tal vez sólo como una cifra —eso esperaba— pero quizá también con algún nombre. ¿Y una foto tal vez?

El hombre apareció trotando sendero abajo con el bolso al hombro. Chepe, que estaba acuclillado bajo un pino, se levantó para recibirlo; era mucho más pesado de lo que pensó. Lo puso en el suelo, hizo la combinación de siete dígitos y lo abrió. Estaba lleno, como esperaba, de dinero. Vio la cara estupefacta del hombre, que de pronto le pareció mucho más viejo de como lo recordaba de la semana anterior, cuando lo enganchó, recién salido de la cárcel por un delito (robo de ganado) que él aseguraba que había cometido alguien más. No se había rasurado. ¿Había bebido? Chepe tomó unos billetes y se los entregó. El otro tomó el dinero, miró a Chepe con desconfianza. Quería más. Llevaba un largo machete al cinto, se lo cambió de posición al agacharse a recoger carga de leña que había dejado con su mecapal junto al pino. Cuando se la echaba a las espaldas, Chepe levantó rápidamente un brazo. Con un movimiento vertical hizo que su propio machete, que había mantenido oculto, silbara al cortar el aire, y golpeó la nuca del hombre. La cabeza se movió, pero no se separó del cuerpo, que se desplomó bajo la carga de leña. Lo dejó así. No habría mención de tortura, pensó. Parecería un robo, y eso estaba bien. Se inclinó sobre el cuerpo para revisarle los bolsillos. Sacó los billetes recién pagados y un envoltorio de plástico con la cédula de vecindad del muerto. Amarrada con un cordón de zapatos a un ojal del cinturón, llevaba una llavecita de candado. La dejó en su lugar.

Nadie pasaría por allí probablemente en todo el día. ¿Quién iba a dar con el cadáver? ¿Los zopes? ¿Unos niños? «Encuentran cuerpo de hombre en las inmediaciones de Fraijanes, reportaron los bomberos...» —*Prensa Libre* podría decir algo así. *Nuestro Diario* publicaría la foto: un primer plano del campesino en el momento en que los bomberos levantaban el cuerpo degollado...

Un dos por ciento de esta clase de crímenes era investigado por las autoridades, y de ese dos por ciento sólo dos o tres casos llegaban a los tribunales. ¿El suyo?, se preguntó, mientras se alejaba sendero arriba. Se detuvo y regresó corriendo sobre sus pasos. Había que hacer las cosas bien. Dejó a un lado el bolso de dinero y, con el machete del muerto, que tomó con un pañuelo, deformó la cara, hizo un picadillo con las orejas, las mejillas y la nariz. Le cortó las manos y picó también los dedos. Mejor así, pensó. Sacó de un bolsillo del saco un cuarto de Quezalteca lleno de diesel y lo roció sobre los montoncitos de carne y a lo largo del cuerpo para prenderle fuego, como había pensado hacer desde el principio. «Un hombre no identificado de raza maya de unos cincuenta años fue hallado por vecinos de la aldea Las Anonas, San José Pinula, en el límite del municipio de Fraijanes. Tenía el rostro desfigurado y quemaduras en todo el cuerpo...», escribirían. Levantó el bolso de viaje y se fue andando deprisa hacia el potrero que debía atravesar (prefirió dar un rodeo por el bosque) para salir a la carretera y cruzar el puente y volver hasta la callecita donde aguardaba el auto que había alquilado.

¿Le debía algo a Camilo?, se preguntó a sí mismo. ¿Por qué? ¡Por pendejo!, fue la respuesta. Que se chingue, añadió al arrancar.

14

Cayetano había intentado hablarle dos veces, inmediatamente después de la entrega, pero Chepe no contestaba el celular.

Mientras esperaba que la reunión en el estudio de don Claudio terminara, casi podía verlo mandando instrucciones por una Blackberry robada. Chepe recabrón, pensó.

Un ruido extraño le llamó la atención hacia la fuente.

El gato había atrapado una lagartija y la masticaba con fruición. Era un momento —se dijo a sí mismo— que recordaría.

Los hombres callaban. El gato negro pasó del otro lado de la ventana. Miró con atención a través del vidrio el interior del cuarto, antes de escurrirse entre las piedras de lava y las plantas verde oscuro.

Se hizo de noche. Don Claudio revisó el buzón de sus teléfonos por enésima vez. Mandó de nuevo el patético mensaje de Internet, «Esperamos noticias», que ya todos sabían que no tendría respuesta. La noche siguió avanzando; a las once en punto se despidieron.

Era mediodía cuando Michael McClosekey llegó a entregar el informe final del trabajo realizado al servicio de don Claudio, que incluía la serie de fotografías y grabaciones que él mismo había hecho. El pago del seguro contra secuestros que tenía suscrito con Lloyd's tardaría un par de meses en llevarse a cabo. Ahora debía, dijo, cobrar sus honorarios.

—Sí, don Claudio. Hemos dado el caso, desde nuestro ángulo, por terminado. Recuperará usted la suma entera, según está escrito aquí en negro sobre blanco. No hay que perder las esperanzas, en cuanto a la vida de su hija. No es posible estar seguros.

15

Una tarde, don Claudio —las esperanzas perdidas— salió de su letargo al oír el timbre del viejo teléfono, el que ya nunca sonaba.

«Papa. Hola, papa.» Era —¡pero no podía ser!— la voz de Clara.

«¡Clara!», exclamó, y su cuerpo sufrió una sacudida de corriente emocional. Luego: Querrán doblar el rescate, pensó.

«Sí. ¡Claro que soy yo! —una risa—. Estoy muy bien».

«¿Dónde estás?» Innegablemente, lo que se oía era su risa.

«Del otro lado del mundo. En Bali, creo.»

Otra vez la risa, que a don Claudio le pareció al mismo tiempo alegre y perversa, estúpida y hasta diabólica.

«¿Pero de verdad estás bien, mi amor?» Su sentimiento había cambiado del estupor a la desconfianza, de la desconfianza a la angustia.

«Creo que sí, papa. Le pedí ya que no se preocupe. Estoy mejor que nunca. Estaba harta de todo, pero ya estoy bien. No supe cómo decirlo. Sí, me tuve que ir así...»

«¿Con quién estás?» Silencio. «Temía que... Pagamos el rescate, y...»

«¿Qué rescate?»

Don Claudio balbuceó.

«¿Quién iba a secuestrarme? Pero si lo he estado llamando. ¡Están locos!»

«No, Clara...»

«Son unos paranoicos. ¡Es ese país! Por eso tuve que escaparme.»

«Pero Clara...»

«¿Qué pasa? ¿Están sordos? ¡Están sordos todos! —gritó—. ¡Adiós!».

Sin exagerar puede decirse que esas palabras terminaron con la vida de don Claudio, que esa noche sufrió un infarto cerebral, y tuvo una muerte silenciosa mientras dormía.

III

1

Don Ignacio estaba agotado. Sus ojeras permanentes de trasnochador, acentuadas por el velatorio, parecían maquilladas de tan oscuras. De un día para otro en su cara había aparecido una extraña, fantasmal semejanza con el difunto, como si el espíritu de éste ya se hubiera alojado en él, pensó Cayetano.

La misa de cuerpo presente había sido larga; el sermón, pomposo; la concurrencia, abundante y variada. Y el cortejo que siguió a la carroza cubierta de coronas fúnebres hacia las afueras de la ciudad, hasta las colinas donde estaba el cementerio (es más como un campo de golf, dijo alguien al pasar) le pareció interminable.

—Increíble, tanta gente —dijo otro.

—Pero hay que dividirlos entre tres, para descontar guardaespaldas. Y eso que no era político —bromeó alguien.

—¿Narco? —preguntó una chica que iba delante de Cayetano, de la mano de un cincuentón.

—No, mi amor. Era banquero.

—Amigos no le faltaban.

—Amigos de su dinero, tampoco.

—No sólo del suyo —corrigió alguien más, con aspecto respetable; ¿otro banquero?, se preguntó Cayetano.

—Hacía favores a todo el mundo. Era un ángel —dijo otra mujer, no tan joven.

Entre la muchedumbre, Cayetano reconoció a varios amigos de Clara. Algunos, al acercarse a dar el pésame, preguntaban por ella. Don Ignacio se limitaba a negar con la cabeza y a corresponder los abrazos, a veces conteniendo la emoción, y daba un «Muchas gracias» sordo.

Había esperado vagamente ver allí al licenciado, pero no llegó. Cuando, concluido el entierro, volvían a la casa paterna, se lo dijo a don Ignacio:

—Olvidate de eso —contestó el aparente heredero—. Ya para qué.

—Usted no se preocupe, Lupita —le dijo don Ignacio a la vieja, que tenía la cara descompuesta por el llanto—. Por ahora vamos a hacer de caso que no ha cambiado nada, poco a poco nos vamos a ir acostumbrando.

La vieja lo había abrazado, en medio de la cocina, mientras se oía el silbido de una olla de presión.

—Usted es un buen hijo, don Ignacio. Gracias —sollozaba.

—Almorzamos aquí Cayetano y yo. Voy a pasar la tarde revisando papeles en el estudio. ¿Me puede llevar café? Si hay cosas que le hagan falta en la casa, se lo dice a Cayetano, que las puede ir a comprar. Aproveche, que es su último día. Lo voy a despedir —lo miró a Cayetano—. Por su propio bien.

No protestó. Creía comprender.

La operación fue simple: el último mes de trabajo más la indemnización, que fue en extremo generosa («Con eso podés comprarte unas vaquitas, como querías. Regresá al campo. Pensá en trabajar allá»). Don Ignacio estaba firmando el cheque cuando el sobre verde que dejó McClosekey, con el caballito de Lloyd's, llamó la atención de Cayetano. ¿Qué es eso?, inquirió con la mirada, y levantó las cejas.

Don Ignacio tomó el sobre, lo miró con cansancio.

—Mirá lo que hay dentro, si querés —dijo, y le dio el sobre—. Usá la computadora si hace falta. Con confianza —se puso de pie.

Cayetano dejó caer los contenidos suavemente sobre la mesa: una barrita de memoria, unas fotografías impresas en papel Bond, varias hojas con listas de nombres, fechas, horas y lugares. Entre los nombres estaba el suyo propio, el del licenciado Robles, el de José (Chepe) Alamar... Una línea roja lo conectaba con Camilo Morales —como decía la hoja—, el guardaespaldas del licenciado. Cayetano leyó un detalle más con una mezcla de admiración y temor: «Puntos de contacto: polígono de tiro, cantina Luz de Oriente. ¿Igor Canales?».

2

Hasta México lo había seguido al licenciado el detective de Lloyd's —decía el informe. Fue allí a finalizar su divorcio con la madre de su único hijo, una mexicana adinerada con quien estuvo casado cinco años. La mujer vivía ahora en Pátzcuaro, a orillas del lago, y el detective había seguido hasta allí al licenciado.

—Qué bonito es ese lago, don Claudio —recordó que había dicho McClosekey cuando regresó de México, en autobús.

Aquí estaban las facturas: auto de alquiler, gasolina, hoteles y comidas.

Cayetano había ojeado las fotos en una camarita digital; volvió a verlas, impresas, con interés.

Javier se había entrevistado con su exmujer en Pátzcuaro. Pasó un fin de semana con su hijo en un hotel de cuatro estrellas a orillas del lago, donde el detective se alojó también (y había hecho docenas de fotos). El licenciado había conseguido un divorcio hasta cierto punto amistoso. La señora se había reunido con padre e hijo el domingo, para almorzar. (Más fotos del trío, en la piscina y en el restaurante del hotel.)

En Guatemala, el licenciado llevaba una vida normal, según el informe. Asistía a diario a su bufete —llegaba a las diez de la mañana y se iba cinco o seis horas más tarde. Luego iba a un club deportivo —jugaba tenis o nadaba— y solía cenar en casa, donde a veces recibía a amigos, o a amigas. En junio, el guardaespaldas había dejado de trabajar para él. Camilo Morales Meléndez había sido visto en compañía de Chepe, el tío de Cayetano, en un polígono de tiro, en cantinas y en burdeles —precisaba el informe.

Chepe, de baja también, fue visto con Cayetano en dos ocasiones, en la Luz de Oriente y en el polígono. Habían hablado por teléfono tres veces en un mes. Parecía poco probable que Cayetano y su tío estuvieran «confabulados».

La segunda barrita contenía más fotos: el hombre que entregaba el sobre de Manila al mensajero frente al supermercado en Las Américas era el tío Chepe —como Cayetano había adivinado. Ahora, le costaba creerlo. No se le veía la cara, pero lo reconoció por el porte. Estúpido, pensó.

Las demás fotos tenían menos interés, aunque por ellas vio que entre Javier y Camilo había un parecido notable.

Ignacio volvió al estudio.

—¿Terminaste? —le dijo con voz apagada.

—Sí.

Sacó la barrita de memoria de la computadora, juntó las fotos, las hojas de papel, y las metió en el sobre.

—¿Todo bien? —preguntó.

Ignacio negó con la cabeza.

—No te preocupés —se sonrió con dificultad.

3

Alquiló un apartamento de soltero en un antiguo sector comercial de la ciudad convertido recientemente en zona habitacional. Compartía un segundo piso en una especie de galpón con un grupo de jóvenes publicistas de provincias que habían mantenido allí su agencia. De vez en cuando se veían entrar o salir modelos; mujeres fáciles, pensaba Cayetano. Tal vez algún día podría invitar a tomar algo a alguna de ellas —pero el dinero era un problema. Seguro que salían muy, muy caras.

La generosa indemnización de don Ignacio le permitía vivir allí con relativo desahogo —tenía para medio año sin tener que trabajar, calculaba— y con un empleo, por modesto que fuera, le sería posible permanecer un año entero. Pero su verdadero sueño seguía siendo el campo, y su estancia en la ciudad era para él, pese a que se prolongaba, un asunto temporal. Si permanecía allí, era sólo para seguir buscando a doña Clara.

Volvió al polígono de tiro. Le recordó a Igor su ofrecimiento de trabajo. Aunque la paga era exigua, el que el buen Igor le asegurara que inmediatamente sería ascendido a instructor de tiro terminó de convencerlo. Pero él estaba en el sitio donde quería estar —uno en el que le sería razonablemente fácil entrar en contacto con Camilo. Era necesario actuar de manera indirecta; no quería poner en riesgo a doña Clara.

Al licenciado Robles —le dijo—, a quien él consideraba el principal responsable de la desaparición de la señora, no podía soñar con abordarlo; no había ni siquiera cómo formular cargos contra él. Era muy taimado, aseguró. Pero Igor, hombre pragmático, parecía no entender cuál era el problema. Estaba claro —le dijo— que la doña se había fugado, y tal vez seguía siendo amante del licenciado, pero ¿eso qué le importaba a Cayetano? Alguien se había aprovechado de la situación. Posiblemente había sido Chepe, sí. Tal vez Camilo le había dado el norte, pero Igor no creía que trabajaran juntos; no parecía, ni por su conducta ni su aspecto, que Camilo hubiera obtenido dinero últimamente —todo lo contrario. No andaba tan bien vestido como antes, y bebía y fumaba demasiado, por lo que él había oído.

—Hasta empeñó la pistola. Por aquí ya casi nunca se le ve. Va a terminar mal —predijo—. Pero decime, muchacho, ¿cuál es tu emperramiento? Al viejo, en resumidas cuentas, le devolvieron la plata. Ella está bien. ¿Qué más? Dejalo estar.

Un sábado por la mañana —después de recibir una propina generosa de un grupo de adolescentes que apenas necesitaban instrucción en cuanto a cómo empuñar las armas, apuntar y disparar— fue andando a la Luz de Oriente, donde se topó por fin con el exguardaespaldas de Javier. Parecía acabado, como había dicho Igor. ¿O era sólo un acto, para el despiste?, se preguntó. Tenía la ropa polvorienta —traje completo, eso sí—, el pelo sucio, los ojos vidriosos.

Intercambiaron miradas, un saludo rápido.

—¿Un trago? —le ofreció poco después, sin moverse de su mesita en el fondo del local.

El otro bajó la cabeza, la levantó, como buscando, con la mirada perdida (pero ¿lo estaba en realidad?) al convidador.

—¡Bsí! —dijo.

Cayetano le indicó una silla para que fuera a sentarse frente a él, levantó su media botella de ron. Tambaleándose, el otro se acercó.

Al principio, no fue fácil conversar. Pensando en que con aquella borrachera el otro no podría recordar con claridad, decidió ser directo. Picados con los tragos, terminaron conversando bastante. Sobre Chepe —que lo había jodido a Camilo—; sobre Javier —que lo había jodido también—, y sobre Clara —que se había ido con el licenciado, como Cayetano decía, aquella noche. Él mismo los había ayudado a salir —dijo con cierto orgullo— como doble de don Javier. Habían usado pelucas y máscaras y, agregó, moviendo la cabeza de un lado a otro:

—Hasta espejos, mano, por esas cámaras de seguridad.

4

Chepe había dejado de enviar la suma de dinero acostumbrada a su hermana Encarnación, y con el pretexto del cuidado y la necesidad de ésta, Cayetano comenzó a inquirir acerca de su paradero. Un día, Igor le hizo saber que un colega policía lo había visto a Chepe por El Rancho, en El Progreso. Cayetano fue en el Willys hasta El Rancho, y no tardó mucho en enterarse de que el tío había comprado tierra cerca de un caserío llamado La Pepesca, más allá de Río Hondo. Una vez allí, dar con él fue cosa de hacer unas cuantas preguntas. Don José Alamar —le dijeron— era el nuevo dueño de una granjita atravesada por un arroyo seco. Se llegaba allí por un camino de tierra blanca como harina que cruzaba un chaparral dominado por cactus candelabro, carbonizados algunos, otros envueltos en velos de telarañas, por donde el viejo jeep avanzaba ahora levantando una densa columna de polvo. Cayetano estaba seguro de que Chepe sabía ya que lo andaba buscando. En lugares como aquél la gente era habladora; contimás si se trataba de fuereños, pensaba.

—¡Qué querés, patojo! —le gritó Chepe desde el otro lado de su parcela, una ladera dorada por el sol, donde pastaban varias reses flacas y dos o tres bestias de carga—. ¡Déjame en paz! ¡No te acerqués!

Sorteando las piedras esparcidas entre el pasto, Cayetano siguió avanzando hacia su tío, que vestía vaqueros, camisa blanca y sombrero jalapeño de ala ancha; el pasto amarillento ocultaba sus piernas.

—¡Tenemos que hablar! —protestó Cayetano.

—¡Pará allí, te digo! —volvió a gritarle Chepe, y se echó para atrás el sombrero—. ¡No quiero hablar con vos! ¡Ándate a la mierda, te digo!

Había desenfundado el arma, la levantó. Se oyó un disparo, luego otro, y las balas pasaron zumbando sobre la cabeza de Cayetano. De manera mecánica, en un solo movimiento, sacó su vieja pistola para hacer fuego. La figura del tío se desplomó.

Con el boquete que el pequeño proyectil le hizo entre las cejas, tirado en el suelo parecía más grande de lo que era, pensó Cayetano al llegar a su lado. Se aguantó un sollozo. No le había dejado de otra.

Llegó a casa de los Casares un par de días más tarde, después de la que fue su primera borrachera importante, con la que consiguió olvidar algunos detalles de la grotesca manera en que se deshizo del cuerpo de su tío. (Lo había arrastrado, con ayuda de una de sus propias bestias, hasta una barranca desierta y muy honda —tan honda que la trabazón del fondo se hacía invisible en lo lejano. A empujones, lo hizo rodar barranca abajo —Usted me hizo hacerle esto, iba pensando mientras el cuerpo rodaba, hasta que dio con una especie de nicho en la piedra cruda, donde había un calor sin aire. Allí procedió a hacer, sin saberlo, algo parecido a lo que el tío había hecho con el campesino que le ayudó a cobrar el (ilusorio) rescate. Luego lloró, no mucho, pero recio, con sentimiento —una especie de aullido en aquella quebrada profunda y desierta, donde nadie podía oírlo, ni a él ni a las cien mil chicharras que gritaban en el gran calor de la tarde.) Llevaba consigo una caja de cartón de detergente El Gallo llena de billetes de dólares, la que había encontrado en la choza en La Pepesca donde Chepe se había instalado. Estaba escondida detrás de unos costales de pienso y semillas entre un montón de tepalcates. Sin detenerse a contar el dinero, condujo el viejo jeep hasta la ciudad. Don Ignacio, que se había deshecho de la cuadrilla de guardaespaldas que cuidaban a su padre, contestó él mismo el intercomunicador y le abrió el portón.

—¿Qué traés ahí? —le dijo cuando entró en el estudio con la caja, que puso sobre la mesa de caoba, cubierta todavía de papeles; como la dejó el finado, pensó.

Don Ignacio devolvió a la caja los fajos que acababan de revisar; eran los mismos billetes que había pagado don Claudio, comprobaron por los números de serie.

—Allí debe de haber todavía casi un melón. A ver, contame despacio, qué pasó. Sentate.

Su tío Chepe había cobrado el rescate —explicó Cayetano— sin haber tenido nunca en su poder a doña Clara.

—¿Y entonces? —un agujero se formó entre sus cejas.

—Tuve que matarlo, no me dejó de otra. O él me mataba a mí. —Pensó en agregar que así había limpiado el honor de su familia, que Chepe ensució—. Don Ignacio —se empeñó—, él trató de aprovecharse nomás, pero no la secuestró. Yo creo que sé con quién está.

—¿Seguís con eso?

Cayetano arqueó las cejas.

—¿Qué quiere que haga? —dijo, mientras el hijo de don Claudio cerraba la caja, que estaba desgastada en los bordes.

—Sabés qué —dijo por fin—, me dan asco, esos billetes. El seguro ya pagó, además. Ella está bien. Volvió a llamar hace unos días. Todavía no me ha dicho dónde está. Por mí, que le vaya bonito. ¿Querés usarlos para localizarla? Tomalos. Son tuyos, sí.

—No puedo aceptarlo —dijo—, de a tiro que no.

Don Ignacio se conformó con mirar las piedras de la fuente vacía. El gato negro estaba allí, como siempre, al acecho.

—Si la encontrás, avisame. Y podés entregarle eso —indicó, sin volverse, la caja de cartón con los billetes— si querés. Aunque falta no creo que le haga, después de todo.

Cayetano atinó a balbucear las gracias. Luego dijo:

—No voy a descansar hasta encontrarla. Le doy mi palabra, don Ignacio.

Segunda parte. Nepente

Nepente

1

Cuando Clara dijo «En Bali, creo» Javier tuvo que contenerse; no quería que su risa llegara al aparato telefónico y fuera transmitida al otro lado, pero quiso reír porque ahora ella inventaba por voluntad propia. Era cierto que tanto el ambiente como el decorado del lugar donde pasó los últimos meses parecía oriental. El lago azul, visto desde la pequeña bahía encerrada, especialmente en una tarde brumosa como aquélla, se parecía poco al lago de las postales y *souvenirs* con volcanes en el fondo. La pareja que los asistía podía pasar por suroriental sin más modificaciones que el traje y el calzado. Estabá bien, «En Bali» —así se llamaba la casa con techo de teca y paredes de piedra construida por el antiguo propietario, un norteamericano excéntrico que se había ido a vivir a Tailandia una década atrás y la había vendido a Meme, que la convirtió en hotel.

—¿Pero están todos sordos, o qué? —había dicho Clara—. ¿Sabes qué creen? ¡Que estaba secuestrada!

Javier movió la cabeza de manera ambigua.

—Como están las cosas, no es demasiado extraño, mi amor. ¿Pero qué te dijo exactamente?

—Apenas entendí, olvídate.

Aquel día Clara vestía un caftán marroquí color turquesa. Estaba radiante, pensó Javier. Acababan de bajar del promontorio de roca desde donde era posible hacer llamadas, y entraron en la sala de la gran chimenea, donde comenzaba a arder un fuego de encinos y eucaliptos, que Pablo, el asistente tzutujil, acababa de encender.

—Sólo espero que nadie trate de engañarlos.

—¿Engañarlos?

—Aprovecharse de la situación. Ha sucedido.

—¿Cómo así?

—Si creen que estás secuestrada, estarán dispuestos a pagar algún rescate.

—¿Crees que debería aclarar algo?

—Tu corazón, tu carpintero —dijo Javier.

—¿Que qué?

—Puedes llamar otra vez, si crees que es mejor, es lo que digo. Pero cambia siempre de chip, si no quieres que nos encuentren.

Clara sacudió la cabeza. Dejó el teléfono sobre la chimenea y fue a acurrucarse al lado de Javier.

La sensación de lujo, de molicie, era casi opresiva; embriagaba a Javier de una forma no siempre placentera. El hábil abogado podía «dejarse ir» —aunque sólo por momentos. Más allá del placer y la divagación, más allá de los siete valles y las siete cadenas de montañas, la gran ciudad, adonde estaba condenado a volver cíclicamente, persistía.

Clara aguardaría adormecida en un sueño artificial, química y sabiamente dirigido, hasta el momento de su regreso. Y entonces él le haría despertar para darle los alimentos terrestres (los pondría en su boca con sus propias manos) y las bebidas. Luego, para terminar de despertarla, le haría tomar un poco de sol. Sobre una plataforma de madera con olor a resina y alquitrán encima del murmullo del agua, donde ella podía meditar sobre el vuelo de las aves —una golondrina, un halcón, una gaviota extraviada— que trazaban líneas en el cielo, pasarían horas enteras.

2

Durante las semanas que siguieron concretó los planes trazados meses atrás. Saldó las deudas que tenía con sus antiguos socios, finalizó su divorcio y puso por fin en marcha un complejo aparato de beneficencia —que incluía la construcción de dos escuelas rurales, una clínica para mujeres y un hospital. El bufete seguiría funcionando en su ausencia; pensaba abandonarlo por completo en un futuro no muy lejano, para dejarlo en manos de sus socios y subalternos. ¿Había sido justo con Camilo?, se preguntó a sí mismo. Tal vez no. En adelante iría a la ciudad con mucha menos frecuencia, y pasaría más tiempo junto a la mujer de quien, al menos temporalmente, dependía.

El uso continuado de ciertas «sustancias benéficas» —como llamaba Ernesto a las drogas y hormonas de que se servía— había sido necesario para optimizar la relación de pareja que había decidido establecer con ella. Durante aquellos meses llegó a conocer mejor a Clara: con la eliminación casi completa de su memoria anecdótica, había surgido un aspecto inesperado de su «personalidad profunda» (la expresión, de nuevo, era del doctor), y ese aspecto lo subyugaba. Era, esencialmente, una gran jugadora.

Clara recordaba de su pasado solamente rasgos generales. Hablar con ella se había vuelto para Javier algo estimulante y placentero. Recordaba lúcidamente pasajes de los libros que leía durante sus pocas horas de vigilia, cuando él estaba ausente —le gustaba leer tendida al sol en la plataforma que se extendía sobre la orilla del lago.

Clara había expresado deseos de escribir. Ahora, junto al agua y bajo el cielo, llenaba hoja tras hoja con su escritura clara y apretada. Un día produjo un haikú.

Como las aves
Yo me siento en el cielo
Pero ¿soy libre?

Javier le mostró el poemita a Ernesto, que enseguida sugirió una modificación en la receta que Javier administraba a Clara. Un poco más de esto, un poco menos de lo otro; sesiones intensivas de música de orquesta, «paisajes auditivos»... El resultado no se hizo esperar: a los pocos días cesaron los poemas, pero no por eso Clara dejó de parecer feliz.

Javier comenzó a proporcionarle lienzos y materiales de pintura. Clara se puso a pintar. Pero cuando sus producciones se volvieron obsesivas (pintaba sobre todo autorretratos, y el asunto del pájaro en la jaula parecía que monopolizaba su imaginación), el doctor volvió a modificar la receta, y Clara dejó de pintar.

Últimamente pasaba el tiempo leyendo o hundida en la meditación. Javier estaba convencido de que no era infeliz, pero no dejaba de sentirse un poco culpable. Como las dosis recetadas irían en disminución —y el doctor aseguraba que llegaría el día en que ya no sería necesario administrarle «una conciencia artificial»—, esto no era algo que le quitara el sueño. Tarde o temprano, Clara iba a volver a la realidad, y no por eso dejaría de ser feliz, aseguraba el doctor. Pero harían falta tiempo y mucha paciencia.

3

Todo había ido encajando poco a poco en la densa telaraña de engaños y autoengaños que había tejido para asegurarse la supervivencia. Hubo en su pasado reciente un periodo negro en el que todo apuntaba al naufragio, pensó una vez más durante la travesía en lancha de una orilla del lago a la otra una tarde, cuando las olas comenzaban a levantarse. Y anhelaba el remanso de paz que le aguardaba del otro lado, donde el agua permanecía en calma gracias al brazo protector de la pequeña bahía encerrada de Cristalinas, y donde Clara no tardaría en despertar.

Con deleite anticipado, se dejó llevar en la imaginación por una voluptuosa secuencia de caricias verbales y sexuales, un remolino de sensaciones placenteras cuyo centro —quieto, seguro— era Clara.

Según él, ella existía sin ser consciente de las cosas que hacía, o como si sólo —y sólo a veces— las barruntara. Sabía, sin saberlo realmente, que *había escapado*. Se lo había dicho a su padre. Pero el padre para ella era ya sólo una figura, un arquetipo —como Ernesto le había explicado—; el don Claudio que Javier recordaba había sido extirpado de la memoria de ella. De modo que el escape de la esfera de influencias familiares debía de ser para ella fuente de satisfacción y orgullo, y no de sentimientos de culpa. *Quien no odie a su padre y a su madre, no podrá ser discípulo mío,* había dicho «el genial inventor del cristianismo», recordó Javier. Está lista para saberlo todo, pensó. Pero ¿que había sido *plagiada*?

Esa tarde se reunió con Ernesto en su despacho del novísimo Sanatorio Lara Kubelka, que tenía vistas al lago.

—Tengo que decírselo —le dijo—. Tarde o temprano se va a enterar.

Ernesto había asentido.

—Tú mandas. De ahora en adelante, tú tendrás que juzgar.

Ya su parte —pensó Javier— estaba hecha; las escuelas, la clínica y el hospital funcionaban.

—Me ha dicho que quiere hacer algo ella misma, y no sólo con su dinero, por la gente. Tal vez ayudarlos a vender mejor sus productos. Artesanías, sobre todo. No sé qué pensar. Luego las cosas se complican. Son complicados, los indios.

El doctor hizo un gesto vago de disconformidad. Dijo:

—Déjala. Sólo puede hacerle bien.

Pero Javier no estaba convencido.

Convertir el antiguo hotel en hospital no había sido posible, después de todo. Como el dinero no escaseaba hicieron construir —según las especificaciones y exigencias del doctor— plataformas voladizas a base de aerolam, el liviano y resistente material metálico empleado originalmente en la fabricación de fuselajes (y despreciado en la industria aeronáutica desde la exitosa entrada de las fibras de carbón). Apoyadas sabia y elegantemente en la pared natural, en la que los peones labraron escaleras y terrazas para obras de jardinería, hacían pensar en objetos voladores incrustados en la roca. Y transportar el equipo médico por agua desde la orilla de Panajachel había sido una empresa (como habría dicho su padre) digna de romanos. Pero ahora los cuantiosos cheques de los donantes habían sido depositados en las cuentas indicadas, las transferencias y transacciones habían sido consumadas. Todo estaba en orden. La vida podía continuar de manera natural.

4

Necesitaba amarla. Pero ella ¿lo sabía? No era posible estar seguro. Era la primera vez en su vida que se detenía a pensar en cosas como ésta, reflexionó. Por primera vez para él existía aquella dimensión: la del modesto amor humano dedicado a una mujer. Todo, de pronto, le pareció rico y extraño.

Le llevaba flores. Le gustaba ver la expresión de Clara al recibirlas. A veces se sonrojaba. «El sexo de estas plantas *(Nepenthes ventricosas)* —había dicho un día— se parece al mío, aquí, ¿lo ves? Y esto aquí, mirá, es igualito al tuyo».

Su interés por la pintura volvió; había elaborado una lista de colores, que Javier compró para ella en su último viaje a la ciudad.

—Necesito más —le dijo Clara, y le dio una lista nueva.

—Pero ya te traje esos colores.

—No —lo contradijo Clara (era la primera vez en mucho tiempo)—. Son casi iguales, pero aquéllos eran para pintar el amanecer. Éstos son para la tarde. No son iguales —señaló primero el este, luego el oeste, donde el sol caía, y donde estaban abriendo un nuevo camino—. De un lado a otro, la luz cambia. Fíjate bien.

—Hazme otra lista. Pon los nombres, el fabricante, la cantidad, mi amor.

Se quedaron escuchando; acababa de producirse una explosión.

Las explosiones de dinamita se producían a intervalos irregulares últimamente, y ya también se oían, de vez en cuando, los gritos de los peones de las cuadrillas camineras, temidos por los kaqchikeles y los tzutujiles porque solían aparecer en compañía de soldados y guardias de seguridad.

—¿Qué te da miedo, Clara?

—No estoy segura —dijo, pensativa. Se acercó, y él rodeó su espalda con sus brazos—. Tengo un presentimiento extraño —prosiguió un poco después, y se soltó del abrazo con suavidad—. Es como si supiera que algo malo va a venir por ese camino —miró a lo lejos—. Sería mejor que no lo abrieran. ¿Para qué? Arruinan el paisaje. Eso me entristece. Y me da miedo.

—Tontita, no pasa nada —le dijo Javier, y la abrazó otra vez.

5

Clara jugaba casi todo el tiempo —con el agua, con los colores, con las palabras. Tarareaba a menudo, y al oír música se ponía a bailar —lenta o alocadamente, según el caso— y a veces, desnuda, sin más, se agarraba ambos pechos con las manos y se los mostraba con orgullo. Al verla así, él podía olvidarse del miedo.

Aquí donde se refugiaban ahora, aparte de las olas y las explosiones y los gritos de los peones, a veces se oía también el ronronear de alguna motosierra —¿o era ese ruido, que parecía acercarse, el de una motocicleta que se aventuraba ya por el nuevo camino de montaña? Javier escuchaba, y Clara escuchaba a su lado. El ruido se había detenido.

Cuando el sol, que ya estaba en lo alto, les hizo refugiarse en la sombra y Pablo les llevó los primeros cocteles del día, Javier volvió a oír el desagradable ronroneo.

—¿Por dónde va el camino? —preguntó.

—Ya está aquí nomás —contestó Pablo, muy serio, mientras señalaba a sus espaldas con un movimiento de la cabeza—. Ya pasaron la peña, don Javier.

—¿Oís ese motor?

—Es una moto.

—¿Moto? —dijo Clara—. No recuerdo haber visto ninguna.

—Porque ninguna ha pasado por aquí —le respondió Javier, y sintió que una mirada intensa lo escrutaba.

El motor sonó de nuevo.

Clara se puso de pie, se acercó al aparato de música.

—No quiero oír ese ruido —dijo.

La música los envolvió.

6

Por las tardes, Pablo solía presidir el ritual del fuego. Rajado el resinoso ocote, preparadas las ramitas secas de eucalipto y los troncos rollizos de roble o encino, se introducía de cuerpo entero, ligeramente encorvado, en la enorme boca de piedra y ladrillos color humo. Clara, y a veces también Javier, lo observaban desde el diván, que estaba en el centro de la sala, orientado hacia el fuego, con el lago a sus espaldas y, mientras el sol caía entre nubes y montañas, el fuego iba creciendo y las llamas podían verse en los altos ventanales.

La música (aquella tarde oyeron un concierto para cuerdas) acababa de concluir, y en el silencio del atardecer, punteado por los chillidos de las aves y el ladrido de algún perro, surgió de pronto el irritante ronroneo de un motor. Esta vez no cabía ninguna duda —era el ruido de una motocicleta que se acercaba a la casa que ya no funcionaba como hotel. Javier se puso de pie y se fue hasta una ventana, desde donde alcanzó a oír con claridad los sonidos alternantes —berridos y zumbidos— que había llegado a detestar.

Viene para acá, pensó.

Dio dos pasos más y se detuvo a mirar por la ventana —el costado verde y empinado de la ladera. El pequeño vehículo era visible en lo alto de una de las colinas que recordaba la cabeza de un reptil. Daba saltos por entre las rocas y levantaba una nubecita de polvo que a momentos lo envolvía o aun parecía precederlo. Alcanzó a ver al piloto, que se había puesto de pie sobre los tacos. Llevaba un casco de burbuja.

El sonido fue haciéndose más fuerte; Javier se apartó de la ventana y regresó a la sala. Sentada frente al fuego, la cabeza hundida entre los hombros, Clara tenía —pensó Javier— un aspecto vulnerable, casi infantil.

—¿Qué es? —preguntó, cuando él se sentó otra vez a su lado.

—Creerán que esto todavía es un hotel —dijo Javier.

Volvió a ponerse de pie para mirar por la ventana. La moto se había detenido más allá del cerco de piedra detrás de la casa. El motorista, antes de desmontar, se sacó el casco. Era, como lo había temido, pero sin tomar muy en serio su temor —Javier lo reconoció incrédulamente—, Cayetano.

—¡Ave María! —sonó con fuerza la voz del muchacho, que alzó ligeramente la cabeza. Había visto,
pensó Javier, el humo de la chimenea. Pero ¿cómo había
dado con el sitio?, se preguntó.

—Pablo —dijo en voz muy baja—. Vas a decirle
que se vaya. Que esto ya no es un hotel.

Clara se acercó a la ventana.

II

1

Cayetano había conducido el viejo Willys hasta San Francisco la Laguna, uno de los pueblecitos atitecos infestados de neohippies de varias nacionalidades. Después de darse una zambullida en el lago, vestido de turista local —pantalones típicos y playera—, había alquilado una motocicleta de montaña para recorrer los alrededores. Creía saber —Camilo, por torpeza, le había «dado el norte»— que a Clara la tenían en un chalet por ese lado del lago; y por lo que había visto en imágenes satelitales (en las que no era visible ningún edificio que pudiera hacer pensar en un hospital, aunque unos meses atrás había aparecido en la prensa una noticia sobre la fundación de un neurológico en el municipio de San Francisco, Sololá) estaba seguro de que podría atalayar la casa desde un promontorio pedregoso no muy lejos de la orilla. Las piedras eran redondas, como enormes huevos fosilizados, y una maraña de cactus de pitaya se desparramaba en desorden sobre ellas. Con un pequeño catalejo digital, se puso a observar la casita. Había visto a Clara (aunque al principio le costó reconocerla, pues había entrado en carnes, pensó) tomando el sol en una plataforma de madera sobre el lago —la piel lustrosa con protector solar y, luego, húmeda con sudor—, y había visto a Javier, que se mantenía junto a ella. La vio, poco antes de mediodía, que entraba en el agua y chapoteaba como una niña bajo la vista vigilante de Javier. No sabía muy bien qué pensar, qué sentir, cómo reaccionar.

Volvió a San Francisco y se registró en una pensión.

2

«¿Don Ignacio? Encontré a su hermana. Sí, está bien, o eso parece. En Atitlán. Del otro lado. No, no hablé con ella. Está con el licenciado. Robles, sí. Por lo que se ve, está libre. Pero hay algo que no está bien.»

Silencio; la señal, muy débil, iba y venía.

«Muy bien, Cayetano. Habría que hablarle, ¿no? —dijo Ignacio—. Repito, ¿podés tratar de hablarle?».

«Puedo tratar.»

«Con cuidado, por favor. Estaré a la espera de más noticias», dijo, y colgó.

El entusiasmo en la voz del otro había sido mínimo.

3

El joven indígena miraba a Cayetano a través de la verja de hierro forjado.

—¿En qué le puedo servir?

—Venía a hablar con los señores —dijo Cayetano, que se había quitado el casco; dejó la moto descansar sobre su pata y se acercó a la puerta—. ¿Le decís a doña Clara, o a don Javier, si está, que quien busca es Cayetano, Cayetano Aguilar?

—Muy bien.

Colgó el casco en el timón de la moto mientras aguardaba, y vio de nuevo la columna de humo que salía por la chimenea para disolverse en el aire del atardecer. El indígena no tardó en regresar; pero ahora traía los ojos muy abiertos, parecía que estaba alarmado.

—Dice que pase. Si traés arma, a mí me la podés dar.

Cayetano se quedó mirándolo un momento, asintió. Alzó la mirada a una ventanita alta en la pared de piedra; se sentía observado.

—¿La señora, está?

—Está.

Cayetano se levantó la chaqueta de cuero para sacarse la pistola de la sobaquera. Le pareció ver la cabeza de Javier del otro lado de la ventana en lo alto. Pudo alzar la mano y disparar. Con parsimonia, alargó el arma al tzutujil, que se acercó a recibirla a través de la reja. La tomó con una reverencia casi cómica. Se la puso debajo de un brazo y con cierta torpeza procedió a quitar el enorme candado de la puerta, que se abrió con un chirrido de hierro oxidado; un ligero escalofrío. El otro echó a andar por el caminito de losas hacia la casa junto al lago. Después de introducir la moto por la puerta, Cayetano lo siguió.

El vestíbulo, con sus oscuras paredes de piedra, le hizo pensar en una cueva. Dentro olía a incienso. El tzutujil cerró una puerta y abrió otra al fondo de un corredor, invitó a Cayetano a continuar. Debía subir por una angosta escalera de caracol. Mientras ascendía sintió un cosquilleo en el vientre —un movimiento en las entrañas, el miedo animal a lo que se enfrenta por primera vez. Oyó con sobresalto la suave voz de Clara. La piel se le enchinó.

—A mí no me parece nada extraño —decía.

Cayetano se detuvo en un descansillo, donde las escaleras se ensanchaban. Tragó saliva y respiró antes de seguir subiendo.

En los ventanales que daban al lago las nubes rojas parecía que se retorcían por efecto de la lumbre del hogar, que crecía reflejada en los cristales. La sala estaba en penumbra; ni luces ni velas habían sido encendidas todavía. Clara y Javier estaban de pie; ella, dibujada en silueta contra la claridad que quedaba en el cielo; él, de perfil, a pocos pasos de ella. Cayetano tuvo la impresión de encontrarse en una especie de cripta —recordó la de Esquipulas, donde estaba el Cristo negro y milagroso. Era el olor del incienso, pensó, y la luz, o la penumbra, más bien, lo que traía esos recuerdos. El miedo que comenzaba a dominarlo desapareció cuando oyó pronunciar su nombre a Clara:

—¡Cayetano!

—Doña Clara —fue todo lo que atinó a decir.

—Buenas tardes, Cayetano —lo saludó Javier—. Es realmente una sorpresa verte aquí.

Clara dio un paso hacia Cayetano y dejó de ser una silueta para convertirse en la mujer de carne y hueso que él recordaba; lo miraba con una sonrisa amistosa. Sacudió ligeramente la cabeza, como si ahora también ella se sintiera confundida. Vestía unos pantalones muy holgados color negro y una camisa blanca de cuello alto. Su cabello, largo y oscuro, caía en abanico sobre sus hombros. Había engordado bastante, observó otra vez.

Javier dijo:

—¿Qué podemos ofrecerte, Cayetano?

Cayetano negó con la cabeza.

—Gracias, estoy bien.

—¿Cómo nos encontraste? —preguntó Javier.

—Leo los diarios —dijo Cayetano, y Clara se volvió a él—. Vi que habían inaugurado este hospital. Recordé que ustedes hablaron de algo así. Recordé el nombre del doctor. Decidí dar una vuelta. En el pueblo pregunté.

—Muy bien —dijo Javier, y fue a pararse junto a Clara.

—Su familia... —balbuceó Cayetano—, su señor padre murió.

Clara asintió con la cabeza. Cerró los ojos, los abrió.

—Mi hermano —dijo, la mirada fija en Cayetano—, ¿cómo está?

—Se preocupa por usted.

—¿Se preocupa por mí?

Hablaba con una lentitud que no parecía natural, tal vez estaba drogada.

—Mucho —dijo.

—Y ahora, ¿estás trabajando para Ignacio? —preguntó Javier.

—No.

—¿Y Juanita? —dijo Clara, y la pregunta lo sorprendió.

—Se volvió a su tierra.

—¿Para quién estás trabajando ahora? —insistió Javier.

—No trabajo para nadie.

Javier lo miró con fijeza, y él le sostuvo la mirada con un resentimiento renovado, que no se molestó en disimular.

—¿Por qué has venido entonces? —volvió a insistir el licenciado, ahora con voz suave.

Cayetano dijo:

—Vine porque quería asegurarme de que doña Clara esté bien —cruzó y descruzó los brazos, la miró en los ojos—. Usted sabe, doña Clara, con usted estoy, siempre estaré, en deuda.

Clara se volvió hacia él, lo miró con una expresión de indulgencia. De nuevo, Cayetano se sintió confundido. Era ella, pero ya no era la misma, pensó.

—¿Te sentás? —Javier señaló los cojines junto a Clara, la silla que estaba más allá. Algo que Cayetano no lograba comprender (que sólo podía sospechar) estaba mal; algo que se mantenía en el fondo, como más allá de un velo de armonía que parecía envolver a la nueva pareja.

—Muy amable. —Fue a sentarse en la silla. El miedo volvió sin aviso; llegaba en oleadas, iba apoderándose de él. Nadie dijo nada durante un buen rato. En algún lugar un reloj dio la hora.

Serio y concentrado, Javier se puso a encender las velas de un alto candelabro. ¿Se habían hecho miembros de alguna secta extraña?, se preguntó Cayetano. Él había oído historias así.

—Entiendo tu preocupación —dijo Javier, y lo miró—. Es una situación enredada.

Cayetano se pasó una mano por la cabeza; no dijo nada. Javier dio unos pasos a través de la sala, se detuvo junto a un mueble que servía de bar.

—Sabés, yo era un hombre casado. Yo sé que pensás que me robé a Clara, pero...

—Vine porque quise —dijo Clara, y miró a Javier con una expresión extraña.

El mueblecito tenía la forma de un altar católico, con su techo triangular y la crucecita en el ápice. Pablo apareció con una cuba de aluminio llena de hielos y la dejó junto a Javier. Javier abrió una puerta del pequeño mueble con actitud solemne, sacó varias botellas. Hizo mezclas en una coctelera, a la que agregó cubos de hielo. Se puso a agitarla vigorosamente, como si tocara las maracas o preparara un truco de magia, pensó Cayetano.

—¿Nos acompañás? —le preguntó Javier con una sonrisa.

—No, muchas gracias.

—¿No tomás nada?

—Un vaso de agua, si se puede.

Javier sirvió la mezcla de licores en dos copas profundas que parecían cálices. Después de dar la suya a Clara, vertió agua de un pichel en un vaso de barro para Cayetano.

—¿Hielo? —preguntó.

—Un poco, muchas gracias.

Pablo le llevó el vaso, Cayetano dio un pequeño sorbo.

—¿Aquí ha estado todo este tiempo, doña Clara? —preguntó.

—No —dijo ella—. Hemos viajado.

—¿Pero por qué?

—¿Por qué hemos viajado? —se rió Clara; pero su risa parecía forzada.

—Porque así nomás —dijo Cayetano—. Como si se hubiera fugado. Creímos que la habían secuestrado.

Clara le clavó la mirada; de pronto, era ella misma.

—Llamé no sé cuántas veces para explicar. No hubiera sido fácil hacerlo de otra manera, y tenía que irme —dijo con una intensidad inesperada—. Pero, Cayetano, tú no puedes entender —ahora sonó casi como un sollozo—. No era fácil ser hija de mi papá.

Javier se acomodó al lado de Clara; ella lo tomó de la mano.

—Es un tirano —continuó.

—¿Usted no lo quería?

—Claro que lo quería. Mucho. Pero le temía más.

—Quiere decir que lo odiaba —dijo Javier—. Después de todo, somos cristianos, ¿eh? —se sonrió.

Cayetano sacudió la cabeza; no había comprendido. Continuó:

—¿Y ahora? Hay más gente que la espera.

—¿Cómo? —dijo Clara.

—Su hermano me pidió que le hablara. Quiere verla —tomó un trago de su vaso. Javier evitó la mirada que le dirigía—. Sabe a hierbabuena.

—Eso es —dijo Javier—. Le ponemos siempre un poco. Limpia el organismo. ¿No te gusta? ¿Otra cosa?

—No, no. Así está bien. —Cayetano dejó el vaso sobre la mesita de café que estaba junto a su silla—. Gracias.

Le parecía increíble la manera como se desarrollaba la conversación; que Clara actuara con tanta indiferencia; que, en vez de rabia, él, Cayetano, ahora sintiera de nuevo aquel miedo que amenazaba con paralizarlo. Se puso de pie.

—Voy a regresar —anunció.

Javier se levantó, y Clara lo imitó con cierta dificultad. Su torpeza parecía estudiada.

Acompañaron a Cayetano hasta las escaleras, y allí se despidieron.

—Podés decirle a mi hermano —dijo Clara, usando para dirigirse a Cayetano la forma de vos (¿o fue un desliz?)— que si quiere visitarnos, es bienvenido —se volvió a Javier, pero él miraba a otro lado.

4

Bajando por la espiral de piedra volvió a sufrir un leve mareo. Un brillo purpúreo se desvanecía en el cielo, donde aparecían las primeras estrellas. El faro de la motocicleta de alquiler fallaba por momentos; una y otra vez Cayetano se veía obligado a disminuir la marcha. Más allá de la primera cresta, donde empezaba el descenso, tenía que usar el freno más que el acelerador. Así, el polvo que iba levantando del camino lo envolvía y quedaba completamente cegado. La escena que acababa de presenciar le parecía cada vez más extraña. Doña Clara ¿estaba realmente bien? Se movía como en cámara lenta, pensó. El licenciado la drogaba, sin duda. Había maneras, él lo sabía. La Clara para quien había trabajado y la que acababa de ver no eran la misma persona.

Una piedra en medio del camino estuvo a punto de hacerle perder el equilibrio. Echó todo su peso a un lado, hizo virar la moto —demasiado bruscamente. De pronto todo dio vueltas a su alrededor; fue lanzado al vacío. El zumbido del motor pasó muy cerca por encima de su cabeza, hubo un estrépito metálico en alguna parte. Lo único que parecía cierto era el agudo dolor en el muslo, y la conciencia de haber perdido el control. En el suelo, con polvo en la lengua, se llevó instintivamente una mano a la cintura (donde tenía la pistola) y la otra a la cabeza (el casco estaba en su lugar). Masticó un gargajo terroso; lo escupió; se pasó la lengua por los dientes.

La humedad que sentía en la mano izquierda era su propia sangre. Se había cortado —¿con qué? Tocó una piedra redonda del tamaño de una cabeza. Se derretía. El camino era como una herida abierta en la tierra. Sintió que se hundía lentamente (¿se estaba desmayando?) y que pronto la herida iba a cerrarse sobre él. El cielo, desde el fondo del valle, donde ya no había luz de día, era como un ojo que se cerraba. Volvió la mirada a la piedra al lado de su mano. Era negra. Algo brillaba allí. Le pareció ver que unas pequeñas vetas minerales, cubiertas por una película de sangre y musgo, conformaban una especie de escritura; recordó imágenes de estelas mayas. Pensó: «Los indios lo escribieron». Se arrastró dolorosamente camino abajo unos pocos metros; el polvo se le hacía lodo al avanzar —un lodo oscuro y pegajoso. Perdía demasiada sangre. Se apoyó en una roca que bordeaba el camino para intentar alzarse. (Había llegado a una vuelta en forma de gancho.) Alcanzó a ver la motocicleta, pendiente abajo, convertida en un insecto tronchado, una llanta para arriba, la otra deforme, inservible, pensó. Un destello metálico le hizo volver la cabeza —miró al cielo, donde titilaba una mancha de estrellas —¿o era un pueblo en lo alto de la montaña? Entonces vio el perfil de los volcanes, como pirámides, y la superficie lisa y reluciente del lago más abajo. Seguía perdiendo sangre.

Le pareció que su propio dolor físico estaba en todo lo que le rodeaba, lo envolvía. Aumentaba y disminuía, el dolor —y el espacio circundante— con el ritmo de su respiración. El dolor era como una bruma que flotaba en el paisaje de piedra y agaves y conos de volcanes, en el aire negro, y hasta en la fina red de débiles estrellas en lo alto. Pero llegó el momento en que también el dolor parecía que lo abandonaba; se expandía, alejándose de él

—como la aureola de una explosión— con el grito que lanzó (pidiendo ayuda —¿pero a quién?). Las telarañas de nubes se estremecieron levemente. Cerró los ojos.

Cuando, unos minutos más tarde, volvió a abrirlos, comprendió que se había roto una pierna. Su mano fue buscando el núcleo del dolor, tocó un objeto duro y viscoso. Era un hueso expuesto. Cerró los ojos otra vez. Alcanzó a oír las olas del lago que chocaban en la orilla; luego hacían el ruido de mil bocas que chupaban el aire entre las piedras. Sintió un aleteo pesado. Intentó levantar los párpados, pero no alcanzó a ver el búho que pasó volando sobre él y le rozó un hombro con una de sus grandes alas extendidas. El ulular del ave llegó a su conciencia como si proviniera de otro mundo.

El sanatorio colgante

I

1

Fue un despertar lento el de su cuerpo. Sus ojos recorrían las paredes blancas del cuarto una y otra vez. Giraban lentamente. Esto era un hospital. No tenía fuerzas para mover los brazos; en la vena saltona del izquierdo tenía metida una aguja, conectada por una manguerilla a una bolsa transparente llena de un líquido incoloro; ¿con alguna droga?, se preguntó. No sentía dolor, solamente una extraña incomodidad en una pierna y sequedad en la boca.

Al mover la mano que tenía vendada sintió un dolor agudo. Recordó: se había cortado al caer. Las cortinas del cuarto estaban corridas, pero dejaban entrar la brisa y un poco de la inconfundible luz de la mañana, el ruido de muchas aves y de agua. Imaginó el paisaje, la orilla del lago. Oyó voces —niños, una mujer que no era Clara. Al lado de la puerta cerrada había una hilera de ganchos de ropa. Reconoció su chaqueta de cuero, donde guardaba la cartera, sus papeles; el casco, el cinturón, la cartuchera. Faltaban la camisa y la pistola; y los pantalones, que estarían hechos trizas, imaginó.

La cama de al lado estaba vacía, pero en las sábanas blancas había quedado la marca de un cuerpo; el cuerpo de un niño, pensó. ¿No había oído, como entre sueños, el llanto de un niño?

Tragó saliva: era amarga, pastosa. Una sensación extraña. De pronto, el miedo estaba allí, apretado contra él, envolviéndolo. Cerró los ojos; no debía moverse, apenas respirar. Negándose a volver en sí completamente —cosa que encontraba cada vez más difícil, como si una parte de su ser se opusiera a la otra, que quería despertar— pasó casi dos horas más. Comenzó a sentir hambre. De pronto, lo invadió una sensación de bienestar; como si me hubieran dado un baño de alcanfor, pensó.

Levantó la cabeza. Se había roto una pierna en varios pedazos. Tres largos tornillos le penetraban la carne a lo largo del muslo izquierdo. Volvió a pensar en el arma. Por la ventana, en el espacio entre la cortina que se movía con la brisa y el marco de la pared, se veía una tira vertical de cielo azul y el borde superior de un muro de bloques. Fragmentos de vidrio lo coronaban. Intentó hacerse una idea del lugar en el que estaba.

¿Cuánto tiempo habría dormido? Pensó en dar voces. Luego oyó ruidos de pasos, la puerta se abrió.

Parecía una monja. Tenía gruesos anteojos de aros negros. Uniforme blanco. Una enfermera.

—¡Despertó! Lo felicito. Ya pasó lo peor.

—¿Dónde estoy?

—Sanatorio Lara Kubelka, San Francisco la Laguna, Sololá.

El nombre, ¿debió decirle algo?

—¿Quién me trajo? —quiso saber.

—Unos patojos. Andaban pescando jaibas, parece. Tuvo suerte.

—¿Qué día es?

—Sábado.

Miró hacia la ventana —la luz había cambiado.

—¿Dónde está mi arma? —preguntó.

—¿Qué arma?

—Tenía una pistola.

—Yo no estaba de turno cuando llegó.

—Me gustaría saber dónde está. ¿Y la moto? ¿Puede ver si mi cartera está allí, en el bolsillo de pecho de la chaqueta?

—Yo pregunto. ¿Quiere tomar algo? —la enfermera sacó la cartera y la mostró a Cayetano.

—Un vaso de agua, gracias —abrió la cartera: sus papeles estaban allí, y un billete de cincuenta quetzales.

—¿Comida?

—Muchas gracias. Pero, antes, agua, por favor. ¿Cuánto tiempo... dormí?

—Unas treinta horas. Ahorita vuelvo —la enfermera salió, cerró la puerta; ¿ponía llave? Le pareció que sí.

Movió la pierna buena. También su brazo derecho estaba indemne. Había tenido suerte, sin duda.

Le llevaron, con el vaso de agua, un desayuno de huevos revueltos, frijoles y tortillas que le recordaron su tierra y que devoró. Después sintió náuseas, pero no llegó a vomitar. Volvió a dormirse.

2

Abrió los ojos al anochecer. Ahora tuvo la certeza: unos niños lloraban. Recorrió de nuevo el cuarto con la mirada. Nada había cambiado, pero las paredes habían dejado de dar vueltas. Al poco rato la puerta volvió a abrirse. Entró una enfermera que no recordaba haber visto, los ojos oscuros y saltones, seguida por un hombre de bata y pelo blanco. Tardó en reconocerlo. Mi cabeza trabaja muy despacio, pensó.

—Buenas tardes —dijo el hombre de pelo blanco, y lo miró con un interés amable, concentrado, el esbozo de una sonrisa en la boca y en los ojos. Se acercó a la cama, le puso una mano en el pulso, examinó la pierna. Volvió a mirarlo en los ojos—. ¿Cómo se siente? —le preguntó.

La forma y el color de las manos del médico le llamaron la atención; nunca había visto unas tan largas. La piel era blanquísima, incolora; casi traslúcida. Los dedos terminaban en unas uñas muy finas, las yemas eran rosadas.

Movió la lengua dentro de la boca. Dijo:

— Tengo mucha sed.

—Es normal. —El médico pidió un vaso de agua a la enfermera—. Tuvimos que operarlo —le dijo a Cayetano, mientras la mujer daba vueltas a una manivela para levantar la cabecera de la cama y colocar a Cayetano en posición de beber—. Se rompió el fémur en cuatro. Tuvo suerte. Una astilla de hueso quedó a milímetros de dañar una vena —hizo el gesto de juntar dos dedos—. Pudo desangrarse. Pero ya está a salvo —se sonrió.

Volvió a oír gritos de niños.

—Mi cabeza no funciona bien, doctor. A veces siento que todo da vueltas. En cámara lenta.

—Puede ser. Los calmantes, la anestesia.

Miró con intención los ganchos de ropa: el casco, la chaqueta...

—Está en un lugar seguro, su pistola. Se la entregaremos cuando salga, Cayetano. Ése es su nombre, ¿verdad? Cayetano Aguilar.

Asintió. El médico le extendía la mano, y él movió la suya lentamente para dársela con un sentimiento de gratitud un poco incómodo. El médico se alejó de la cama y la enfermera abrió la puerta.

—Clara vendrá a verlo mañana —le dijo, antes de salir. De nuevo, le pareció que la enfermera echaba el cerrojo. Oyó los pasos de ella en el corredor; los del doctor eran silenciosos.

Imaginó el pasillo por el que se habían alejado. Se oyó una puerta de metal que se cerraba. Luego, el canto de los grillos, y las olas —muy suaves— que llegaban a morir en la orilla.

3

El tiempo que había mediado entre el accidente y la vuelta a la conciencia le parecía mucho más largo que

dos o tres días. Más bien meses, pensó. Los recuerdos
—la visita a la casa del lago, su estancia en el apartamento
de Clara, su último viaje a Jalpatagua— parecían venir
todos de un lugar muy lejano. Los veía como a través de
un telescopio, pero a la inversa, con el ojo en el objetivo,
el ocular apuntando a la inmensidad del pasado. Había
demasiadas cosas que no lograba recordar. Incluso este
cuarto, donde había despertado, no era el mismo; la ventana estaba en el mismo lugar, y la puerta también, pero
el techo parecía muchísimo más bajo. Debo levantarme,
pensó.

Tanteando la fuerza de su brazo derecho, se incorporó a medias en la cama. No oyó, esta vez, ruidos de
pasos; vio que la puerta del cuarto se abría. Volvió a acostarse. Era la enfermera, que encendió la luz y entró empujando
una mesita rodante. Traía una bandeja con instrumentos
médicos y, en el entrepaño inferior, una bacinica, que dejó
en el suelo junto a la cama.

—Los controles —explicó.

Le metió un termómetro en la boca, le tomó el
pulso y la presión.

—A ver, vamos a tomar estas pastillas. Una para el
dolor, otra para el mareo. Éstos son antibióticos. Y la última, para que duerma bien.

—No hace falta, gracias. —Rechazó la última pastilla y la puso en la bandeja.

—Como quiera. Se la dejo, por si acaso. Aquí hay
más agua. El vaso está lleno, cuidado.

La enfermera apagó la luz al salir y él se quedó con
los ojos abiertos en la semioscuridad. Esta vez no oyó que
corriera el cerrojo.

La luz que se colaba por la ventana era plateada.
Está fuerte la luna, pensó.

Un poco más tarde volvió a sentarse en la cama.
Con la mano sana levantó la pierna rota, la hizo deslizar
por el filo de la cama. Luego bajó la pierna derecha, apo-

yó los pies firmemente en el suelo, se levantó. «Mierda», dijo en voz muy baja, atravesado por el dolor, y se sentó en la cama. Tendría que esperar. Volvió a acostarse. Necesitaría una muleta, o al menos un bastón.

Al cabo de cierto tiempo —¿una hora, dos?— decidió usar la mesita rodante como apoyo. Volvió a incorporarse, alcanzó la mesita, la tanteó. Era bastante firme. Se puso de pie muy lentamente; se deslizó hacia la puerta.

El corredor —una hilera de puertas blancas— era más largo de lo que había imaginado. El techo de lámina, con forma de medialuna, tenía tres veces la altura del cuarto, y los travesaños estaban tensados por cables de acero. Todo daba una impresión de liviandad; como si estuviera suspendido en el aire, sintió. En el fondo, había una bandera; más arriba, un gran letrero que formaba un arco de pared a pared. En la parte más alta, la luz de luna no alumbraba y varias letras quedaban en la oscuridad. (SANAT————————BELKA, se alcanzaba a leer.)

Cayetano dio unos pasos tentativos; era posible que alguien lo observara, pero no había ninguna cámara de vigilancia visible en el corredor. En un extremo había una escalera, que descendía; en el otro, un portón de hierro.

Todo estaba en silencio. Por una de las ventanas verticales que dejaban entrar la luz de luna le pareció distinguir la silueta de un volcán —estaba directamente frente a él. Sintió vértigo al caer en la cuenta de que estaba al borde de un abismo. Muy despacio, desanduvo el camino hasta la cama.

4

Detrás del vidrio y las rejas de la ventana, estaba la carita de un mono. ¿Un mono araña? Pero era canche. Lo observaba con curiosidad. Abrió la boca, sin hacer ningún ruido, ladeó la cabeza, la sacudió, y luego trepó por las rejas y sólo quedó visible su peluda cola rubia, que pronto desapareció.

Volvió a cerrar los ojos y se quedó dormido una vez más. Al despertar de nuevo, poco antes de mediodía, no estaba seguro si aquella visión había sido un sueño o si había visto un mono real.

La puerta se abrió, pero él no movió la cabeza. Imaginó que era la enfermera —más controles.

—Hola, Cayetano —dijo Clara.

Cayetano se volvió, y ella se acercó a la cama. Olía a miel, aquel olor que él recordaba. Sonreía.

Clara le tomó la mano buena; la puso entre las suyas, muy suaves; la caricia lo electrizó.

—¿Te molesto?

—No. ¿Usted cómo está, doña Clara? —preguntó.

—¿Yo? —Clara lo miró con una expresión que podía ser de alegría—. Preocupada por tu pierna. Aparte de eso, bien. Muy bien.

Cayetano volvió a detectar un no sé qué mecánico en su manera de hablar. Javier entró en el cuarto.

—Tengo algo que darte. —Traía en la mano, que alzó, el telefonito auricular de Cayetano. Dio un paso adelante para dejarlo sobre la mesa rodante al lado de la cama—. Aquí no hay señal, de todas formas, pero mejor lo guardás vos. Creo que nadie te ha llamado. ¿Necesitás avisarle a alguien dónde estás?

—Muchas gracias. No. —Debía avisarle a don Ignacio, pensó, y a su madre también. Prefería hacerlo él mismo—. Lo más chistoso es que no sé ni qué día es hoy. —Alargó la mano buena hacia el teléfono. Oprimió el botón de encendido; la batería estaba descargada.

—Lunes once —dijo Javier. Luego—: ¿Sos policía?

Se sintió descubierto. Debía evitar que el susto se le viera en los ojos. Lo negó.

—La encargada revisó tus papeles. Encontró un carnet de la Policía Nacional.

—Me hice instructor. De tiro —explicó, sacudió la cabeza, como para subrayar su confusión. Recordó la cara del mono—. ¿Qué lugar es éste? —quería saber.

—¿Lo olvidaste? —dijo Clara—. El hospital que acabamos de fundar.

—En verdad, muchacho, tenés suerte —Javier intervino—. En todo el país, y tal vez en toda la región, de Río Grande hasta La Plata, no podrías estar en mejores manos.

—¿Y la moto?

—Ah, la moto. Estaba asegurada, nos dijeron. Clara se hizo cargo.

—Era muy bajo, el deducible. Ni lo pensés —le dijo ella.

Cayetano miró a la ventana.

—¿Hay micos sueltos? —preguntó.

Se rieron.

—Son las mascotas del doctor —explicó Clara—. Ayudan a entretener a los pacientes. La mayoría son niños, ¿sabés?

—Algunos, de viejos, van a parar en la mesa de disección —dijo Javier en un tono siniestro, y Clara lo miró con desaprobación.

5

Dejó caer la cabeza en la almohada, bajó los párpados. Al cabo de un rato dormía otra vez. Cuando despertó, el médico estaba a su lado, lo observaba con interés. No había nadie más en el cuarto. Desde lejos llegó el sonido de una risa infantil.

—Ha dormido bastante —dijo el médico—. ¿Cómo se siente hoy?

—Un poco mejor.

—¿Dolores?

—No. —Se miró la pierna fracturada.

—¿Hambre?

Negó con la cabeza.

—¿Cuándo podré andar?

El doctor alzó las cejas levemente.

—Es probable que pueda ya, pero no le conviene. Yo le aconsejo dos o tres días más de cama. Un poco de terapia. En diez días, con muletas, seguro. En veinte, con un bastón...

Eso era demasiado tiempo. Un sentimiento de impotencia se apoderó de él.

—¿De veras?

—Si usted insiste —dijo el doctor—, puede levantarse ahora. Pero sería un poco tonto.

La enfermera entró en el cuarto, la bandeja de aluminio en una mano y un portafolio negro bajo el brazo.

—Muchas gracias, doctor —dijo.

—¿Por qué?

—La operación —se miró la pierna rota.

—Ah, de nada. Pero no fui yo quien lo operó. Fue mi asistente.

Cayetano se sintió decepcionado.

—Quería preguntarle —dijo más tarde el doctor— si estaría de acuerdo en que le hagamos unas pruebas. No son indispensables. Puede declinar. No se trata de su pierna. Es acerca de su cabeza —se sonrió.

—¿Me golpeé la cabeza?

—Nada de eso —le aseguró el doctor—. Clara mencionó su puntería. Dice que es extraordinaria. Mi interés principal son las destrezas especiales, su registro visible en el cerebro. Quisiera sacarle un perfil. Nada más.

Lo mejor —se dijo a sí mismo— sería acceder.

El doctor miró a su alrededor. Dijo:

—Vamos a cambiarlo de cuarto. Siento haberlo tenido aquí hasta ahora. No había otro. Lo trasladaremos a uno individual. Estará más cómodo, es seguro.

6

—Apenas sentía dolor. Pero pensé que me moría. El doctor tomó nota.

—Es natural.

—Vi el hueso que salía de la carne, eso me asustó.

—Mecanismos reguladores —le dijo en un aparte el doctor a la enfermera, que manipulaba un micrófono inalámbrico y una pequeña laptop.

La enfermera anotó algo en una ficha de cartón, la introdujo en un fichero. «Casos 2011», decía la etiqueta. Con un poco de algodón, tomó gel de un dispensador. Le dijo a Cayetano:

—Ahora, quietecito. Voy a aplicarle esto en la frente y en las sienes. Así. —Colocó una serie de microelectrodos en la cabeza de Cayetano, que permanecía completamente inmóvil.

El doctor alcanzó una silla, la puso cerca de la cabecera, fuera de la vista de Cayetano, y se sentó. La enfermera colocó más electrodos —en la nuca, los hombros, codos y muñecas. Luego conectó a la laptop un haz de alambres, que comunicaban con los electrodos. Hizo varias operaciones digitales.

—Listo —dijo.

—Trate de no dejar de hablar —ordenó el doctor—. Puede decir lo que quiera, ¿ok? Cosas que recuerde, que imagine, que tema, que desee. Estábamos en el momento en que se accidentó.

—Tenía miedo. Creí, como le dije, que me moría. Qué fácil es morir, pensaba.

El doctor seguía anotando; se oía el bolígrafo que arañaba el papel. Sugirió hablar del pasado. Su niñez, ¿la recordaba?

Mientras por la ventana con rejas veía el paisaje y oía los pájaros, los niños que jugaban y el reventar de las olas, revivió momentos que hacía mucho tiempo no recordaba. Sentimientos encontrados de desesperación y de alegría, de orgullo y de vergüenza aparecían y desaparecían, inundaban como en oleadas su conciencia. Quieren lavarme el cerebro, pensó. Este doctor sería capaz. Sintió: Tengo que salir de aquí. Seguía viendo el paisaje mientras hablaba, pero en otra parte de su mente elaboraba planes de evasión.

Habló del tiempo en que trabajó para Clara.

—Me inscribió en la universidad, doctor. Se lo agradezco todavía, cómo me trataba. Una vez que íbamos a donde su papá, de repente se puso a llorar. No sé por qué. Pasó otras veces, poco antes de que desapareciera.

Cayetano se sintió como ausente. El doctor le pidió que no dejara de hablar.

—¿Siempre quiso ser guardaespaldas?

Reflexionó un momento —luego volvería al plan.

—No. —Había otros policías y guardaespaldas en su familia, explicó, y el doctor comenzó a hacer más preguntas. Cayetano habló de su madre, de su hermano muerto y de su hermana, de Irina, la chica de Jalpatagua (casi la había olvidado). De pronto, temió revelar demasiado. Hizo una pausa—. Mi puntería —dijo luego— supongo que influyó. Es algo que yo traía, no lo tuve que aprender. Siempre fue así.

—¿Siempre? —quiso precisar el doctor.

—Desde que tengo memoria —dijo Cayetano.

—¿Daría una demostración?

—Con mucho gusto —dijo Cayetano, repentinamente animado; suponía que le darían su pistola para demostrar. Pero el doctor le pidió sólo que apuntara con el índice, imaginando que empuñaba un arma, a una manchita (¿un insecto aplastado?) en la pared frente a la cama.

—Imagine que le dispara —le dijo.

Cayetano obedeció.

—Ahora apunte acá —levantó una mano, movió un dedo—. Acá —movió la mano—. Acá —la movió otra vez—. Muy bien. De nuevo a la pared. Eso es. Ahora acá —levantó un dedo—. Muy bien. —Lo movió—. Acá. Y acá. Eso es.

Siguió haciéndole preguntas y tomando notas durante poco más de una hora.

Ya atardecía cuando la enfermera le dio las pastillas de rutina. Cayetano se las metió en la boca, las ocultó debajo de la lengua, hizo como si las tragaba.

Esa noche soñó que iba en auto por un camino de montaña. De pronto el volante ya no conectaba con las llantas delanteras, sino con las traseras, y el pedal de freno no funcionaba.

7

Había recuperado un poco de fuerzas y perdido el temor en los últimos días. Por la tarde le entregaron un par de muletas y ropa usada, pero limpia, para que diera su primer paseo. Un par de pantalones flojos con cinturón elástico, una camisola del River y un sudadero.

—Trate de no apoyar este pie —le dijo la enfermera, y le ayudó a dar unos pasos—. Despacito. Muy bien.

Lo acompañó a deambular por los jardines colgantes, labrados al costado del gigantesco castillo de roca color mostaza que se erguía sobre el agua azul. Había que salvar esa cima, pensó; el camino del pueblo estaba del otro lado.

Había visto a los niños trajinando de aquí para allá con piedras y picos o jugando con sus hondas y sus varas. Entre ellos había un albino, un tullido y un jorobadito, y otro que parecía estar mal de la cabeza —la boca abierta, la mirada perdida. Los cuidaba una mujer con aspecto de extranjera, ojos azules, mirada errática y sonrisa permanente. ¡Zombies!, pensó.

Sintió disgusto, asco casi, hacia Clara. Se había dejado engañar. Era una drogadicta, después de todo, la gran señora. ¿Se le pudrió el alma?, se preguntó.

Esa noche, antes de dormirse en el cuarto blanco con vista al lago, tuvo la certeza de que en algún lugar había una cámara oculta que lo vigilaba.

Mientras el doctor le hacía preguntas y la enfermera tomaba nota de sus signos vitales, había alcanzado a ver la serie de imágenes que iban almacenándose en la pequeña computadora. Recuerdos de películas de fantaciencia, artículos de prensa, revistas y libros (de la biblioteca de Clara) generaron en la imaginación de Cayetano una trama de experimentos, trasplantes, injertos y tráfico de órganos. El llanto intermitente, inatendido de los niños, los simios semidomesticados, el equipo médico ultramoderno con el telón de fondo de aquel lugar de indios —estas cosas también ayudaron. Durante los días de inmovilidad, le parecía que había descubierto una posible clave para la desaparición (y transformación) de Clara; necesitaba obtener las pruebas últimas que le ayudarían a aclarar su historia, que —no era inconsciente del hecho— podía parecer fantástica.

Envuelto en una de las mantas de su cama, semejante a una enorme crisálida, se arrastraba muy lentamente, pegado a la pared de bloques hacia un extremo del corredor, fuera del campo de visión (o al menos eso esperaba) de las probables cámaras. Llegó hasta el pozo de las escaleras de caracol en un extremo del galpón. Esperaba que, con la poca luz, sus lentísimos movimientos pasaran inadvertidos. Pero la imposibilidad de descender ahora sin ser captado por el lente que podía adivinar situado en la lámpara sobre las escaleras le inmovilizaba. Dudaba que a esa hora alguien estuviera controlando las cámaras, y suponía que nadie revisaría las grabaciones antes del amanecer.

Allá abajo, en el piso inferior del sanatorio colgante, estaban las oficinas y el despacho del doctor. Tenía que bajar, aun corriendo el riesgo de ser detectado.

Con la manta sobre la cabeza comenzó a arrastrarse incómodamente escaleras abajo. El dolor de la pierna, que llegaba en oleadas, era como una voz que le hacía advertencias que él no quería oír. Siguió bajando.

Logró introducirse en el despacho con una facilidad que le pareció sospechosa. Era un cuarto austero con anaqueles de pared a pared. En el centro había un amplio escritorio en forma de medialuna de vidrio y metal. En el voladizo, un ventanal daba directamente sobre la quietud del lago. ¿Nadie vigilaba en realidad? ¿O habían quizá incluso previsto esta incursión furtiva?

La escasa luz del cielo nocturno entraba por el ventanal. Recorrió una vez más, por instinto, las paredes, el techo, los rincones del cuarto. ¿Nadie, entonces, lo observaba? Abrió un cajón del escritorio, luego otro, y otro. Buscó a tientas por todas partes, pero no dio con la pistola. Pero encima del escritorio, cubierta por un trozo de tela, había una laptop. No podía creerlo: estaba encendida —el reloj interno marcaba las tres. ¿Era la misma que había empleado la enfermera? Era igual. Se la metió entre el vientre y el cinturón elástico debajo de la chaqueta de cuero.

II

1

Una luna casi invisible de tan afilada había aparecido en el cielo cuando Cayetano salvó la cima rocosa detrás de la que se veían las luces de San Francisco —donde había dejado el jeep— y, en el fondo, los conos oscuros de los volcanes. El camino recién abierto se doblaba sobre sí mismo para seguir ascendiendo una montaña más alta y unirse, al otro lado, con la Panamericana.

Una familia de campesinos con su perro y una mula cargada de leña pasaron junto a Cayetano en silencio, sin mirarlo. Un poco más tarde las luces de un picup iluminaron el camino, las sombras de las piedras se alargaron. El picup frenó al lado de Cayetano.

—¿Para dónde va?

—A San Francisco.

—¿Está bien, hermano?

—Una pierna rota, nada más.

—Si quiere, lo llevo —dijo el conductor, un indígena vestido de paisano—. Aquí no hay lugar (tres hombres más iban con él en la cabina), pero puede subirse atrás.

Cayetano trepó con dificultad y se tumbó boca arriba junto a sus muletas sobre los sacos jateados en la palangana.

Mientras el picup bajaba por el tortuoso camino veía la punta de los árboles y los cortes verticales en la roca que pasaban por encima de él, y más arriba el cielo lleno de estrellas que daba vueltas con jirones de bruma. Su cansancio era tanto que se quedó dormido.

El picup se detuvo a la entrada del pueblo, frente a un pequeño templo evangélico.

—Hasta aquí llegamos, hermano —dijo el conductor, y ayudó a un Cayetano semidormido a bajar, mientras los otros se apeaban riendo y bromeando en una lengua extraña—. Cualquier cosa, ésta es su casa —señaló con la cabeza el templo a su derecha—. Soy el pastor.

—¿Le debo algo? —preguntó Cayetano.

El otro agitó las manos en negativa.

—No es nada.

—Dios se lo pague.

—Eso es, hermano. ¿Y adónde va usted?

—A una pensión.

—Vaya con Dios. Pero ¿a estas horas? —lo miró, esta vez con cierta suspicacia; Cayetano no se movía—. ¿De dónde viene, pues? ¿Qué le pasó?

La historia que contó comenzaba de manera confusa, y eso impacientó al pastor. Se quedaba mirando la pierna rota, y el bulto que hacía la laptop bajo la ropa de Cayetano.

—¿Qué lleva allí? —quiso saber.

—Me tenían drogado —dijo Cayetano.

—¿Qué tiene allí? —insistió el pastor.

—No sé —dijo Cayetano— si alguien va a creerme. —El otro dio un paso hacia atrás. Cayetano se abrió la chaqueta, para dejar ver la computadora.

—¿Ese volado, lo robó? —dijo el pastor, y su cara cambió.

—No —dijo Cayetano—, ¡por Diosito que no!

—¿De dónde lo sacó? ¡Calín, Xiuán! —llamó el pastor—. Agárrenlo. —Escrutó la cara de Cayetano, mientras los otros lo rodeaban—. Si se lo robó, se lo lleva la tristeza, aquí a los ladrones...

Las muletas cayeron al suelo, y los hombres suje-
taron con fuerza los brazos de Cayetano.

Le quitaron la computadora, que aún estaba encendida, y el celular.

—Está descargado —dijo Cayetano—. Es mío
—aseguró—. Soy autoridad. En la chaqueta tengo mis
papeles.

—¿Policía? —La mueca que hizo dejaba claro que
no le gustaban los policías—. A ver.

El pastor se puso un par de anteojos, una pata re-
mendada con cinta adhesiva, y tomó la cartera que uno
de los hombres sacó del bolsillo de pecho de la chaqueta de Cayetano. Examinó el carnet.

Mientras tanto, Cayetano intentaba explicar.

—Vine buscando a una señora que tenían secuestrada —decía muy deprisa—. La encontré en el hotel, que ya no es hotel. Me dieron algo de tomar, estoy
seguro. Me accidenté. Me metieron en el hospital. Logré escapar. Tomé la computadora pensando que nadie
iba a creerme, las cosas que vi allí. —Con la cabeza indicó la laptop, que el pastor se había puesto bajo el brazo.

El otro comenzaba a comprender, pensó un poco
aliviado.

—Espero que no me mienta, hermano —dijo—.
Pero son el diablo, los doctores.

Detrás del templo estaba la casita del pastor. Los
hombres que viajaban con él comenzaron a descargar
los costales de cemento y arena para llevarlos a un cober-
tizo junto al templo. Cayetano siguió al pastor hasta la
casa, donde su mujer, que vestía traje indio, tenía listo un
desayuno de frijoles, tortillas y café de maíz.

—Dentro de un rato es el culto —dijo el pastor.

Se sentaron a comer a una mesa de pino rústica.
La mujer les sirvió café y pasó a otra habitación.

—A ver, hermano.

Con la computadora abierta sobre la mesa, Cayetano pinchaba ficheros, mientras el pastor respiraba encima de su hombro un aliento de frijoles y maíz. Las fotos de niños —las caras demenciales, las cabezas trepanadas—, los diagramas de circuitos cerebrales, los nombres de drogas y hormonas (dopamina, oxitocina, paxil, rohypnol), instrumentos (neuromoduladores, microelectrodos) y procedimientos (implantes, avulsiones, trepanaciones) —alcanzaron para convencer al pastor. La batería de la computadora se había descargado casi por completo; la apagó.

—Está bien —dijo el pastor—. Yo lo ayudo. Nomás termine el culto vamos a buscar a unos amigos. Yo también soy autoridad, hermano —dijo con satisfacción.

2

Cuando, celebrado el culto, Cayetano preguntó por un cargador eléctrico para su teléfono, el pastor lo sorprendió al decir:

—De ésos no tenemos. Pero ¿no quiere usar escaip?

Lo llevó a un cuartito contiguo a la cocina, donde había un cedazo para colar atole y, en un pupitre esquinado en un rincón, una computadora vetusta pero —lo comprobó— bastante veloz. Como era demasiado temprano para llamar a Ignacio, llamó a Igor.

La conexión fue instantánea.

«Sí, la clienta aquella. La encontré, como creía, en Atitlán.»

Igor escuchaba.

«Necesito ayuda —siguió Cayetano—, alguien que pueda investigar».

«¿El Ministerio Público, querés decir? Hay que tener alguna prueba.»

«Tengo bastantes, creo.»

«¿Las tenés listas? ¿Fotos? ¿Podés mandarlas?»

«Creo que sí.»

«¿Y la familia?»

«Voy a hablar con el hermano.»

«Hablá con él. Luego me llamás.»

—Tengo que mandarles unas fotos. ¿Puedo?

—Claro. Hablan por sí solas, digo yo —asintió el pastor.

Cayetano seleccionó las fotos que le parecieron más reveladoras y las envió desde la computadora del pastor a las direcciones electrónicas de Ignacio y de Igor.

Eran las ocho cuando Cayetano se forzó a sí mismo a marcar el número fijo de los Casares. Lupita contestó.

«Encontré a doña Clara. Tengo que hablar con don Ignacio.»

«Está durmiendo todavía.»

«Es de vida o muerte, doña Lupe.»

«Lo voy a despertar. Deme su número.»

«Vuelvo a llamar yo, que estoy hablando por escaip.»

«Claro que puedo ir, Cayetano —le dijo Ignacio—. Decí a los del MP que nos juntamos en La Aurora dentro de hora y media. Hangar de los Casares, en la entrada hay una garita, allí les indican. Más temprano, con la bruma que hay aquí, imposible despegar.»

Cayetano colgó, volvió a marcar el número de Igor. Debía prevenir a la autoridad local —le dijo el expolicía—, y asegurar un sitio para que el helicóptero pudiera aterrizar.

—Lo acompaño, hermano. Podemos ir a pie. Hoy es día de mercado y no es tan fácil circular.

Subieron por el camino de tierra y doblaron a una callecita de adoquín inclinada y muy angosta. Sobre las piedras lisas la dificultad de Cayetano para andar con las muletas aumentó.

—Poco a poco —le decía el pastor.

Volvieron a doblar a una calle descendente, atascada con camiones y picups que descargaban, y donde los marchantes con sus mecapales se apelotonaban entre los puestos de comida. La comisaría estaba más allá del mercado.

Avanzaron entre vendedores de biblias, de leche de cabra, remedios milagrosos, figurillas de barro y objetos de plástico antes de entrar en la plaza techada. En el otro extremo del galpón, Cayetano la vio. Estaba de espaldas frente a un puesto de carne —una res destazada colgaba de un gancho frente a ella. A su lado, un hombre vestido de blanco hablaba con el carnicero. Cayetano se detuvo.

—Un momento. Mire. —El pastor se volvió. Con un gesto, Cayetano indicó al otro extremo del mercado; el hombre de blanco estaba pagando al carnicero—. Ella es.

—¿Y el hombre?

—Un doctor, digo yo.

—¿Qué quiere que hagamos, pues?

—No sé.

—Yo digo que aprovechemos —propuso el pastor.

—¿Cómo así?

—Los agarramos. —Miró a su alrededor—. Aquí hay varios muchachos, no se nos van a escapar.

—¿Los agarramos? A ella no. Ya le dije, a la fuerza la tienen.

—Sólo a él, está bien.

Clara y su acompañante se habían apartado del puesto de carne y ahora se detuvieron frente a una mujer que vendía flores. Estaba sentada en el suelo y su cabeza asomaba detrás de pequeñas montañas de cartuchos y gi-rasoles. Clara se acuclilló a su lado, y la mujer extendió una mano y tomó un manojo de flores mientras con la otra abría una hoja de periódico para envolverlas. Las en-tregó al acompañante de Clara.

El pastor sacó un gorgorito de su morral y, cuan-do el hombre de blanco hubo pagado a la mujer, lo hizo sonar.

Hubo un instante en que todo pareció quedar en suspenso. Luego se oyó la voz del pastor.

—Al de blanco con las flores —gritó—. ¡Robani-ños! ¡Que no se escape!

Empezaron los empujones. Clara, la cara deformada por el miedo, se volvió. No llegó a reconocer a Cayetano, aunque por un instante sus miradas se cruzaron. Seis o siete hombres se abrían paso por entre los puestos en dirección a la vendedora de flores. Las mujeres se apartaban, daban vo-ces en su lengua. Alguien empujó a Clara, que cayó de cos-tado sobre unos canastos. Al hombre de blanco lo habían inmovilizado —las flores que había comprado estaban sien-do pisoteadas por sus captores. El pastor, que seguía so-nando el gorgorito, subió a una especie de tarima y gritó:

—¡A la plaza! ¡Llévenlo a la plaza municipal, muchá! ¡En la fuente lo amarramos!

Clara forcejeaba para no quedar separada de su amigo, pero el círculo de hombres que lo rodeaba iba en-grosando y ella fue expulsada del núcleo como por una fuerza centrífuga. La turba seguía al cautivo y a sus cap-tores, y a Clara la dejaron atrás. Cayetano se le acercó.

—¿Cayetano?

—Tranquila, doña Clara.

Parecía una niña perdida, muy asustada.

—¿Qué estás haciendo aquí? ¡Qué es lo que pasa!

—Tranquila, doña Clara. Todo va a estar bien.

—¿Tranquila? ¿Cómo voy a estar tranquila? ¿Vos tenés que ver con esto?

—No, doña Clara —mintió.

—Pero claro que sí.

Quería apartarse; trató de retenerla.

—¡Sos imbécil o qué! —Le dio un empujón en el pecho. Para no caer de espaldas, él dio dos saltos hacia atrás con las muletas.

—Su hermano está en camino —dijo—. Ya lo llamé.

—¿Ignacio? Pero estás loco, Cayetano.

Esto le dolía. Tragó saliva. Debía controlarse.

—¿Querés que lo linchen? Estúpido —le dijo, y apuró el paso.

—Doña Clara, por favor. Vamos a la comisaría. Es lo más seguro. Don Ignacio viene para acá.

Había furia en su cara cuando se volvió para verlo la última vez.

3

De pronto, el mercado parecía vacío; sólo unas voces se oían, unos susurros. Clara había comprendido, pensó Cayetano, mientras ella se alejaba a pasos rápidos y salía del mercado por una puerta lateral. Cayetano la siguió, pero no le fue posible alcanzarla, con las muletas. Ahora ella corría. Iba, como él había sugerido, hacia la comisaría, pensó. Estaba en la parte alta de la plaza principal, más allá de la turba que se concentraba.

Un antiguo muro de contención bordeaba la plaza. Los escalones, suavizados por el paso de los siglos, eran ligeramente cóncavos y muy resbalosos; la señora los subió de dos en dos. En lo alto estaba la plaza, más allá de una cancha de básquet; del otro lado, de espaldas al mercado, la iglesia, la comisaría y el palacio municipal. Cayetano subió las escaleras, y al filo de la cancha se detuvo. A doña Clara ya no se la veía. Más gente afluía hacia la plaza desde distintas direcciones, para sumarse a la turba que clamaba en aquella lengua extraña cosas que Cayetano no entendía. La pequeña laptop, que llevaba en la cintura, amenazaba con caerse. Para sujetarla, se abrochó la chaqueta.

Entre los edificios de la iglesia y la comisaría había un callejón casi invisible de tan angosto. Por allí se había metido, pensó. Dando saltos con las muletas cruzó la cancha y entró en la sombra del estrecho pasaje, que olía a excrementos humanos. Del otro lado estaban las arcadas del viejo palacio municipal y, en el fondo, el edificio de hormigón pintado de azul y negro de la Policía Nacional Civil. La puerta, una puerta de hierro oxidado, estaba cerrada. Cayetano la golpeó con el puño. Al cabo de un rato —que le pareció muy largo—, mientras desde el corredor elevado veía el mar de cabezas y sombreros que hormigueaba en la plaza, una tronera se abrió.

—¿Qué quiere? —dijo una voz hosca, y unos ojos bajo cejas negras como choconoyes miraron con intensidad a Cayetano—. Pase, rápido —le dijo, al ver el carnet con el sello de la policía que Cayetano levantó.

—¿El comisario? —preguntó al entrar.

El otro volvió a cerrar la puerta. Le pareció oír una vez más la voz de Clara que le decía: «Estúpido».

¡Arriba Guatemala!

I

Apenas clareaba todavía. Pensó por un momento que estaba en Ginebra —abrió los ojos con una profunda sensación de bienestar, y un ligero, agradable cansancio, como el que se siente después de un esfuerzo productivo— y el barullo de los pájaros terminó de despertarlo.

Estoy en el lago, se dijo a sí mismo.

—¿Clara?

—Hummn.

Volvió a cerrar los ojos.

Cuando tentó su lugar en la cama, ella ya no estaba allí.

Pablo llamaba a la puerta —algo poco usual.

—Sí —dijo, y se sentó en la cama—. Podés pasar.

Pablo empujó la puerta, se quedó en el umbral.

—El doctor me pidió que le avisara que no lo encuentran por ningún lado a Cayetano.

—¿Qué? —dijo Javier—. ¿Se escapó, querés decir?

Pablo movió afirmativamente la cabeza.

—Se llevó una computadora.

—¿Qué computadora?

—No estoy seguro —contestó Pablo—. Una del hospital, digo yo.

—¿Es posible? —dijo con expresión de alarma. Envuelto en las sábanas, se levantó de la cama.

—¿Dónde está doña Clara?

—Fue con don Meme de compras al mercado. Los dejé en el muelle. Regresan con la lancha pública, me dijeron.

—Dejá que me ponga algo. Ahora estoy con vos.

Bajó por las gradas de piedra seguido por Pablo hasta el muelle para ir a recibir la lancha policía, que no había tardado en llegar. Un agente saltó al muelle mientras otro echaba las amarras. De la superficie del lago color gris, que aquella mañana resplandecía de una manera desagradable, se desprendía un ligero vaho.

—A don Manuel lo detuvieron en el pueblo —dijo sin preámbulo el primer policía, un hombre de mediana estatura, abundante pelo hirsuto y una panza semiesférica que ponía a prueba los botones de su camisa en la zona del ombligo, donde se formaban dos estrellitas de tensión—. Los exPAC. Disculpe, licenciado —le tendió la mano a Javier, una mano impersonal y húmeda—. Subcomisario Mynor Maldonado.

—¿Y la señora?

—Está a salvo. No sé por cuánto tiempo. Ella me pidió que viniera. En vista de que aquí no hay señal...

—¿A salvo? ¿Qué quiere decir?

—La gente, no siempre la podemos controlar.

Se miraron él y Pablo, las cejas enarcadas.

—¿Por qué lo detuvieron? —dijo con impaciencia.

El policía alzó la mirada hacia el macizo de roca que hacía invisible el hospital. Miró al motorista, que escrutaba el agua, donde había una nube de puntos verdes de cianobacteria en suspensión. Se encogió de hombros con un gesto de impotencia.

—No entiendo lo que dicen, hablan sólo en lengua, cuando se ponen así.

—Los tatitas —dijo Pablo—, en estos casos, pueden ayudar, tal vez.

—Tal vez, es cierto —convino el subcomisario. Otro encogimiento de hombros—. Si bajan al pueblo, tal vez los podamos apoyar.

—¿De verdad creés...?

La actitud de Pablo adquirió una curiosa autoridad; asintió gravemente con la cabeza. Luego se volvió para tirar con fuerza de la cuerda de arranque del quince caballos de la lanchita de aluminio, que tenía todavía la insignia del hotel.

Cruzaron la bahía y doblaron la punta de piedra para dirigirse al pueblo de San Marcos. El sol salía sobre los montes de San Antonio, del otro lado del lago, y la bruma comenzaba a disiparse.

Andando deprisa, trotando casi, atravesaron el excéntrico pueblo, otro lugar invadido por extranjeros, donde proliferaban los pequeños locales de masajes, boutiques de espiritualidad new age y clínicas de terapias naturales, por un sendero estrecho flanqueado por espesos cercos de caña. Dejaron atrás las casas y subieron por una vereda entre cafetales hacia la casa de un tal Juan Chox, compadre de Pablo y «tata menor».

Frente a la casita de adobe y techo de paja, un niño y una niña estaban retorciendo fibras de maguey verde todavía. Pablo les habló en su lengua, y los niños contestaron al mismo tiempo y señalaron la pared de roca a sus espaldas.

—Está cortando pencas en la peña —dijo Pablo—. Vamos a llamarlo.

El niño dejó caer al suelo la cuerda que trenzaba y echó a andar sendero arriba, y Pablo y Javier lo siguieron; pronto trotaban detrás del niño, que iba descalzo; sus pies, prietos y gruesos como pequeños tamales, parecía que eran insensibles al filo de las piedras.

Bajo una ladera muy empinada y desnuda de árboles se detuvieron, y el niño señaló a lo alto. Juan Chox, suspendido por una cuerda atada a un viejo ciprés, daba golpes con su machete a una enorme piña de maguey, y las largas hojas se iban desprendiendo para deslizarse pendiente abajo y amontonarse en un rellano rocoso al pie de la ladera casi vertical. Con la inclinación, la silueta del ciprés recordaba un macabro dios maya, pensó fugazmente Javier. Pablo lanzó un llamado que, más que una frase humana, sonó como el ulular de un ave. Juan Chox siguió dando machetazos un momento y luego respondió con otro grito musical. Tirando de la cuerda que lo sostenía, se volvió. Intercambiaron con Pablo una seguidilla de preguntas y respuestas, y un momento más tarde Juan Chox bajó dando grandes saltos por la pendiente, con una agilidad que maravilló a Javier. El tatita, que vestía una falda rodillera y caites con suela de llanta, no era lo que se diría un joven, aunque llamarle anciano era —pensó— una exageración. Una sola vez miró a Javier —y no fue una mirada amistosa, pero tampoco le pareció hostil. ¿Un poco triste, cansada; desconfiada tal vez? Dio una orden al niño, que asintió y salió corriendo vereda abajo.

Pablo se volvió a Javier.

—Vaya usted solo en la lancha a San Francisco. Allá nos encontramos.

—Pero ¿dón...? —se quedó con las palabras en la boca; los dos indios le habían dado la espalda para alejarse vereda arriba con sus pasos cortos y rápidos. Desaparecieron al doblar más allá de un risco con perfil de león.

Camino abajo se cruzó con el niño, que volvía corriendo. Llevaba una vara con la que golpeaba el suelo cada dos o tres zancadas y, colgados en bandolera, un tamborcito y un morral. Apenas le dirigió una mirada al pasar, y tampoco contestó al «Hasta luego» de Javier.

Mientras encendía el motor junto al muelle, pensó: Puedo largarme todavía. Hizo girar la lancha, y, por un instante, cuando la proa apuntó a Panajachel, la idea de la fuga reverberó en su cabeza. En menos de media hora ya estaría en la Panamericana. Podría tomar el vuelo de la tarde a la Ciudad de México, llegaría a Pátzcuaro al anochecer. Se dijo a sí mismo, sin compunción alguna: «Sos un hijo de puta —pero cuando la inercia colocó la lancha en dirección a San Francisco, agregó—, pero no tanto». Flexionó la muñeca para acelerar al máximo el pequeño motor, y la proa de la lanchita apuntó al cielo. Ya la bruma se había disipado por completo y el paisaje, de nuevo, era azul.

En el aire diáfano entre los conos plomizos del Atitlán y el Tolimán, los gigantes gemelos, un objeto apareció como de la nada y reflejó la luz del sol, que ascendía. ¿El helicóptero de la familia Casares?, se preguntó Javier. Un Écureuil plateado. Ya era hora, pensó. Describió un amplio arco por encima del lago, en dirección a Cristalinas, la pequeña bahía, y dos veces la sobrevoló en redondo. Luego trazó una línea recta y descendente hacia el pueblo de San Francisco, adonde llegó minutos antes que Javier.

II

El descenso de Juan Chox hacia el pueblo de San
Francisco fue solemne. Delante de él iba el niño, que tocaba un ritmo lento —«el ritmo de su respeto»— en el
tambor. Llevaba la vara y el envoltorio: cosas sagradas.
A su paso por las aldeas y los pueblos —Tzununá y el
Jaibalito, Chaquijchoy, Chuitzanchaj y Pajomel, San Pablo y Santa Clara— se fueron sumando al cortejo muchas gentes, y marchaban en una larga columna de tres
en fondo. Nadie había visto nada semejante ocurrir a orillas del lago, al menos nadie lo recordaba. Era como si
aquellos hombres y mujeres hubieran esperado todas sus
vidas para vivir este momento. Los tatas, los abuelos, habían vuelto a caminar por fin; eran los nahuales otra vez.
No sólo la memoria de otros tiempos, los tiempos de los
anales, el *costumbro* olvidado, o reprimido, sino también
la autoridad —la misma Policía, «siempre del lado del poder, aunque no siempre del de la justicia»— estaban con
ellos. Su tiempo, su *cargador* —lo demostraban al andar— por fin había despertado.

Vista desde el aire —como la verían Ignacio y los
funcionarios del Gobierno que venían con él en su helicóptero— la columna de indios parecería una culebra,
mientras bajaba por el nuevo camino en zigzag por el
cuenco del lago. (Es cierto que sin el camino recién abierto habría sido imposible proceder en una formación así,
y es posible que la gente no se hubiera ido congregando, como lo hizo, de manera natural, casi inconsciente.
Para que una marcha como ésta pudiera realizarse aquel

día preciso, ¿no cabría preguntarse si el camino fue abierto, no por el capricho de hombres cualesquiera —ingenieros o políticos, por razones de Estado o, lo que hoy en día es igual, o peor tal vez, de Mercado—, sino según el designio de alguna inteligencia o instinto supremos, de poderes ocultos, inescrutables como el azar —comparables a los que rigen la vida colectiva, caótica y al mismo tiempo ordenada de algunos insectos? Un libro escrito, un camino abierto —pueden ser gestos inútiles. Pero piensa que tal vez has vivido para hacer un solo gesto —decir una palabra, intercambiar unas caricias— que quizá todavía no has podido hacer y que, si la suerte te es adversa, quizá no llegues a hacer nunca.)

Más que a un litigio, se habría dicho que la colorida culebra india se dirigía a una fiesta, precedida por las caras luminosas, curtidas y tostadas por el sol del niño del tambor y de Juan Chox. Aquella culebra de gente en movimiento era la manifestación de una forma de vida que había permanecido en la oscuridad durante siglos y que ahora *volvía* —y llegó hasta la plaza, y el mar de cabezas allí congregado para castigar con crueldad colectiva a un hombre inocente del crimen que le imputaban se abrió como por arte de magia. ¿Se formaron dos filas de cabezas negras bien alineadas (vistas desde lo alto parecían hormigas bala, aguijones apuntando al exterior) para mantener a raya a la turba; o eran esos policías? El tatita siguió hasta el corazón de la plaza, donde estaba la fuente colonial junto a la cual tenían a la víctima, el hombre vestido de blanco, los brazos atados a las espaldas.

Y como ocurre cuando las cosas encuentran su sitio, todo se desarrolló de ahí en adelante de manera muy rápida (aunque no siempre muy clara) —y algunas cosas encuentran su sitio mucho más fácilmente de lo que uno alcanza o se atreve a imaginar.

III

1

En el palacio municipal, después de una espera
inexplicablemente larga —mientras iban aumentando los
murmullos de la multitud—, el alcalde indígena lo recibió.
Era redondo como un ídolo olmeca, los perfiles blandos,
y llevaba un traje de poliéster azul, las mangas dos o tres
tallas demasiado largas para él. Le hizo pasar a un salón,
donde había una fila de bancos viejos a lo largo de las paredes. El barullo de la gente entraba por unos tragaluces
muy altos, que no permitían la vista al exterior.

—¿Dónde está la señora?

—Aquí al lado —indicó con la cabeza un lugar a
la derecha—. Tendrá que esperar, está hablando con su
hermano.

—¿Y don Manuel?

—Lo tienen allí fuera—indicó la pared con tragaluces que daba a la plaza—. Van a hablar con los tatas.
Han llamado al juez de paz, a ver qué pasa.

—¿Y el comisario?

—El subcomisario atiende a los del MP. Vinieron
con el hermano de la señora. ¿No es su cuñado? Creo
que van al hospital. Usted espere aquí.

Preguntándose qué información daría Clara a
su hermano (Ignacio sin duda indagaría sobre las llamadas telefónicas posteriores a su desaparición, algunas
de las cuales había hecho ella de manera consciente,
mientras que otras, grabadas «bajo la influencia», habían sido retransmitidas por Javier), se puso a ojear unos

recortes de periódico pegados con tachuelas a una plancha de corcho que amarilleaban en la pared iluminada del salón.

PRENSA LIBRE

Repuntan linchamientos en los tres primeros meses del año

Modus operandi: —1 Comienzan con la captura de un supuesto delincuente, que en ocasiones es arrebatado a la Policía Nacional Civil. —2 Incitadores gritan que se le debe linchar. —3 En algunos casos los supuestos delincuentes son golpeados hasta darles muerte, y en otros, los queman vivos...

Sololá reporta casos de vapuleo y castigos comunitarios, que van desde obligar al acusado a cargar costales con piedras hasta el linchamiento...

Delegados de la Procuraduría de los Derechos Humanos inspeccionaron ayer hospitales de varios departamentos para verificar la situación de las unidades, el abastecimiento de fármacos y la atención a los pacientes...

KAB'AWIL

Llaman a reconocer derecho indígena
Castigos indígenas no reflejan justicia
Líderes afirman que no representan derecho maya

ELPERIÓDICO

Exigen que se aclaren robos de niños. Hospitales atienden a once mil niños abusados. Según el informe de la ONU, los menores han sido quemados con cigarrillos, golpeados con palos o bien han

sido sentados en agua caliente, lo que les causa quemaduras...

Cierran hospital en Sololá
Alcalde de San Juan la Laguna va a prisión por
obra fantasma

Hospital de Sololá lleva un año acéfalo
Piden nuevo director

Hospital colgante inaugurado en Sololá

Sololá. Choque entre vecinos y la PNC deja un
muerto. La subestación de la PNC de San Andrés Se-
metabaj fue cerrada ayer luego del confuso incidente
ocurrido el jueves recién pasado, en donde murió baleado un vecino y dos agentes quedaron lesionados
por una golpiza que les propinaron los pobladores.
Las autoridades anunciaron el cierre temporal de la
subestación, hasta que en el municipio se restablez-
can las garantías para los agentes, mientras se inves-
tiga...

Se acercó otra vez a la pared y releyó los últimos
artículos; la poca información que daban sobre el hospital
colgante era inexacta, pero había bastado para que Cayetano los encontrara, pensó.

2

El viejo Willys de Cayetano, conducido por un policía, dio un giro de ciento ochenta grados para enfilar hacia el camino nuevo que llevaba más allá de la muralla de
rocas. Cayetano estaba seguro de que Clara ignoraba lo
que estaba ocurriendo en realidad. Confiaba en poder de-
mostrárselo.

Atrás iban los funcionarios: el fiscal auxiliar del Ministerio Público y el inspector de Sanidad, un hombrecito regordete de piel pálida y voz aflautada. El fiscal era corpulento, la tez color chocolate y el bigote muy poblado, de aspecto más dravídico que maya. Conocía bien a Igor, le dijo a Cayetano cuando se presentaron al bajar del helicóptero en medio del campo de fútbol a orillas del pueblo; pero la manera como lo dijo parecía más una advertencia que una recomendación.

Al lado del camino recién abierto estaba el ripio de las voladuras hechas para labrarlo en la pendiente de roca, que se elevaba verticalmente al borde del lago.

—¡Agárrense que hay gancho! —gritó Cayetano, y acomodó las muletas.

El jeep se inclinó hacia un lado, el gordo del MP sujetó la estructura de hierro sobre su cabeza y el hombrecito de Sanidad alargó un brazo para agarrarse del asiento de Cayetano. Ahora daban la espalda a los volcanes.

Con los bandazos y saltos constantes no era fácil hablar, pero el hombrecito dijo a gritos:

—Aquí me siento mejor que en medio de esa indiada. Esos amigos deben de estar zurrados, je, je. Así que la señora fundó el hospital para los indios —gritó más fuerte—. ¡Un gesto noble!

El paisaje cambió. Ahora descendían por el otro lado del espinazo de piedra. Pocos metros más adelante el camino terminaba en un pequeño redondel cubierto de grava.

Bajaron por unas escaleras talladas en la piedra; el tajo, a la derecha, caía a plomo hasta el azul metálico de la pequeña bahía. Llegaron a un rellano, desde donde se veía el techo de lámina del galpón superior, más allá de una alta pared de bloque coronada por vidrios rotos. No había nadie en la estrecha garita de hormigón a un lado de la entrada. Tocaron un timbre y una voz de mujer les respondió por el intercomunicador.

Un minuto más tarde, la enfermera de ojos saltones abrió la puertecita de paso a un lado del portón. Parecía impávida. No se ha enterado de nada, pensó Cayetano. Debía aguardar el momento apropiado para reclamar su pistola.

—Adelante —dijo la enfermera al ver la insignia que le mostró el gordo del MP.

Continuaron por una rampa hasta la entrada del galpón, donde comenzaban los jardines colgantes.

—Señores —dijo el doctor, y alzó una mano a modo de saludo, de pie junto a la entrada del galpón. Parecía que hubiera estado esperándolos.

Aquí, un niño estaba regando unos arriates en flor; más allá, otro picaba una piedra —¿o la esculpía? Otros mezclaban cemento y piedrín y arena con palas y azadones.

—Nos estamos expandiendo —dijo el doctor, después de presentarse.

—¿Labor infantil, doctor? —le dijo el gordo, y miró a los niños.

Cayetano asintió.

—No —dijo el doctor—. Terapia colectiva. Se turnan, nadie hace tareas pesadas más de dos o tres horas por semana. Es un método sumamente efectivo de aprendizaje, se lo aseguro.

El hombrecito dijo:

—Ya, no se preocupe. Entiendo. Les hace bien trabajar.

—Aun los libera —dijo el gordo con malevolencia.

Entraron por la puerta de hierro y la enfermera la cerró.

—Ése es mi nombre —dijo el doctor, mirando el arco de letras en el fondo del galpón—. Kubelka es de origen checo, sí, señor.

—¿La bandera también? —preguntó el hombrecito.

—No. El diseño es de doña Clara. —Era una bandera con dos franjas horizontales, azul la superior, crema la otra, con un triángulo equilátero de oro y un caballito rampante, blanco, en el centro.

3

    La serie de nombres y de fotos, las enfermedades, los procedimientos clínicos, los experimentos y las drogas, las observaciones, conclusiones y recomendaciones archivados en la computadora de la administración del hospital coincidían parcialmente con los que habían hallado en la laptop sustraída por Cayetano.

    —Parece un milagro —dijo el doctor con una sonrisa irónica, sin dirigirle la mirada a Cayetano, cuando el gordo del MP puso la computadora en manos de la enfermera—. La había dado por perdida, desde luego.

    El hombrecito dio su aprobación a los procedimientos y drogas registrados —para gran sorpresa de Cayetano— y luego el gordo dijo que debían pasar revista a los pacientes.

    —Con mucho gusto —dijo el doctor—, si me quieren seguir...

    Cayetano temió estar inmiscuido en una intriga en la que todos podían ser cómplices, tal vez involuntarios. Cada quien actuaba como en defensa propia o por algún interés inconfesable, pero nadie se acercaba —nadie quería acercarse— a la verdad. El doctor cobró para él unas dimensiones casi sobrehumanas —estaba en el centro de la trama, al mando de todo. El pelo completamente blanco, la piel casi transparente, el porte distinguido, aún el nombre eran propicios para causar ese efecto, pensó Cayetano.

    Respecto a las imágenes que constituían parte de las supuestas pruebas en su contra —explicó mientras avanzaban por otro corredor volante bajo un techo de lámina— no eran fotografías, como podían parecer. «Ilustraciones hiperrealistas» algunas de ellas, representaban las posibles consecuencias neurológicas de la práctica precolombina de la deformación craneana en la cultura maya, aseguró.

—¿Y los monos? —preguntó el hombrecito de Sanidad.

—Además de ser buena compañía, colaboran en los experimentos.

El gordo dijo:

—¿Con sus órganos?

—A veces, lamentablemente. Pero no es lo usual.

—Sigamos adelante —dijo el gordo, y se llevó una mano a la boca para bostezar. Se había desvelado mucho las últimas noches, se excusó. En algún putero clandestino, imaginó Cayetano. Era como si en las profundas líneas de su cara grasa y porosa estuviera escrita la palabra corrupción.

Visitaron varios cuartos del piso cuyas ventanas daban a la pared de bloques. Allí tenían a los «pacientes pasajeros» —contusiones cerebrales, meningitis virales, encefalitis... En los pisos inferiores había casos cada vez más complicados, según el esquema hospitalario de Buzzati, les explicó el doctor. Así era más fácil coordinar los tratamientos y evitar las aproximaciones incómodas, los contagios, las contaminaciones.

—Ustedes saben —dijo—, a veces también hay gritos. Pero bajemos, bajemos, cómo no.

Había una sección especial para los casos de sordera congénita, una condición común en los alrededores, como —dijo el doctor— ellos seguramente lo sabrían; los funcionarios reconocieron que no lo sabían.

—Está en Wikipedia —les dijo el doctor; ¿en tono de burla?, se preguntó Cayetano—. Hemos curado un par de casos.

—¿De sordera?

—Por medio de implantes, sí. Un oído biónico. Puede funcionar también injertando cócleas de mono. En eso, precisamente, estamos.

El hombrecito alzó las cejas en señal de admiración.

—Aquí tenemos otro caso interesante. ¿Sabe qué es?
En la puerta se leía: «Intermetamorfosis crónica».

—¿El síndrome del impostor?

—¡El Capgras! Claro. Lo felicito.

—No hago esto por placer, doctor. Mi pasión es investigar, es cierto. Pero no crea que soy un simple policía. También estudié medicina.

El doctor entreabrió la puerta; sentada en medio del cuarto, una mujer de mediana edad estaba tejiendo en un telar de cintura, el enjulio sujetado a una reja de la ventana.

—Cree que su esposo y sus padres son réplicas exactas de sus verdaderos parientes. No quiere volver a su casa, aunque, en principio, podría.

La mujer golpeó dos veces la trama, para apretarla, y se volvió a mirar al doctor, que la saludó con una sonrisa y una inclinación de la cabeza antes de cerrar la puerta.

—Un leñazo en el lóbulo temporal. —Se tocó la sien—. El gyrus fusiforme. Me temo que no hay cura, todavía.

Un piso más abajo, se detuvieron en el cuarto de un paciente con «encefalopatía espongiforme».

—Una condición terrible —dijo el doctor.

—¿Las vacas locas? —dijo el hombrecito—. No sabía que...

El doctor asintió.

—Es el primer caso diagnosticado en el país. —Abrió una mirilla e invitó a los funcionarios a ver lo que pasaba dentro. El hombrecito tuvo que empinarse; el gordo declinó—. También a los monos y a los gatos puede afectarlos...

Con un suspiro, el gordo miró su reloj.

—Yo ya he visto bastante. Estaré en el carro. Quiero volver a la ciudad a tiempo para almorzar.

Cayetano lo siguió con dificultad escaleras arriba, mientras el doctor y el hombrecito descendían a los pisos inferiores.

Al salir del edificio al paisaje azul, donde el sol y el viento golpeaban con fuerza, Cayetano se puso al lado del gordo.

—Pues ya vio —le dijo.

El gordo se detuvo.

—Mirá, patojo. La señora que decías que tenían secuestrada, resultó que son historias. —Infló la panza y se alisó el bigote, cuyos pelos más largos se movían con el viento.

Es el momento de la mordida, pensó Cayetano, observando los pliegues en la papada del otro, pero se contuvo; el agente que esperaba al volante podía darse cuenta. El gordo prosiguió:

—Me hacés venir hasta aquí, y ese hombre no sólo es una eminencia, sino también un bienhechor. A vos mismo te atendieron, ¿no?, y de gratis. ¿Qué tenés en la cabeza? —El viento levantó una nubecita de polvo que les hirió los ojos y les hizo parpadear—. ¿Quién, si no, iba a venirse aquí a curar indios retardados? —Se pasó el antebrazo por la cara—. ¡Hombre! —Siguió andando a zancadas hacia el jeep—. A vos debería yo clavarte ahora, por ladrón. ¿Con qué derecho tomaste esa computadora? ¿Qué más querés? Dejame en paz, por favor.

Cerró la portezuela, sacó su celular.

—Mierda —dijo; no había señal.

4

Cabizbajo, Cayetano se alejó del jeep y volvió a entrar en el hospital, donde se encontró de nuevo con la enfermera de ojos saltones.

—¿Cómo está esa pierna? —le preguntó.

—Mejor, gracias.

Cayetano se miró la pierna fracturada; no le dolía, sentía sólo una curiosa incomodidad.

—¿Dolores?

—No, para nada. —Dudó un momento antes de preguntar—: ¿Podría devolverme mi pistola?

—Ah, sí. Lo consulto ahora con el doctor.

—¿Sabe dónde están?

—En el laboratorio. —Miró corredor abajo—. Pero no le conviene bajar gradas.

—Tengo que ir.

—Pues lo acompaño. Vamos.

Bajó detrás de la mujer por la escalera de caracol —era demasiado estrecha para bajarla juntos.

Estaban en el piso inferior, y ya el viento hacía sonar las olas del lago en las rocas de la orilla, unos treinta metros más abajo. Al pie de un farallón, a la derecha, un rayo de sol hizo brillar la barandilla metálica de la escalera labrada en la roca que bajaba hasta el agua (el nuevo camino, que circundaría en pocos meses todo el lago, la interceptaba en un punto invisible desde allí); más abajo, con la superficie del agua en el fondo, se veía un alero del techo de teca del antiguo hotel.

Era un lugar espacioso, con grandes ventanales al frente y una pared de roca sólida detrás, techo de hormigón armado y vigas de hierro, lo que le daba un aspecto industrial o militar. En un extremo, unos monos negros y otros rubios daban saltos en grandes jaulas de malla y vidrio. A lo largo del recinto, en la parte central, había una especie de piscina con paredes y techo transparentes. Allí flotaban plantas acuáticas y unas *formas* de distintos tamaños que parecían nadar con libertad; ¿no eran pequeños pulpos, o medusas —o *cerebros*?, se preguntó Cayetano.

El doctor lo vio junto a la enfermera desde el otro extremo del laboratorio, y siguió hablando sin cambiar de tono.

—En fin, sesos marinados —había dicho el hombrecito.

—Más o menos —asintió el doctor—. Usted sabe, en este medio, una simple solución de Ringer, los nervios, las retículas de nervios, crecen a un ritmo de milímetro por día. Claro que la fórmula puede hacer variar el radio; la solución determina el crecimiento. Salmueras de hormonas distintas, para seguir con su símil, producen distintos resultados.

El hombrecito se entusiasmó. En el país no había —comenzó a quejarse— ni siquiera una asociación de psicólogos, psiquiatras o neurólogos digna de tal nombre. ¿No era increíble? La historia local de la neuropsicología estaba por escribirse —continuó—, y éste sería un capítulo glorioso, sin duda. En 1930 se había llevado a cabo la primera trepanación en vivo, lo que no estaba mal; en el cuarenta y ocho, la primera lobotomía. Pero de allí a la actualidad había un vacío enorme.

—¡La neurociencia! ¡La tecnología! —exclamó—. No sabe cuánto lo envidio, doctor.

Cayetano se mantuvo alejado; la humillación que sentía era enorme. En el fondo del recinto había un tablero de acetato, una serie de diagramas. El doctor señaló varias fotografías a lo largo de la pared a su derecha. Le dijo a Cayetano:

—Venga a ver. Son imágenes de la actividad en lo más hondo, en el centro físico de su cerebro.

—Imagenología, aquí. ¿Quién lo creería? —dijo el hombrecito con complacencia.

Cayetano se acercó.

—Esto es el hipocampo —prosiguió el doctor—. Corte transversal. Dos mil aumentos. ¿Ve estas líneas? Se forman cada vez que apunta con un arma, o con el dedo. Es un caso insólito. Yo hubiera querido hacer más pruebas. Estoy casi seguro de que podría dilucidar el origen orgánico de su extraordinaria puntería. Mire. Estas figuras tienen una resolución diez veces mayor que la que veíamos en un cerebro «normal» —puso entre comillas la palabra, usando cuatro dedos, y le dijo al hombrecito—: Es como si él pudiera *ver*, corticalmente, es decir, en la imaginación, la trayectoria potencial del proyectil, antes de que sea disparado. Un caso interesante. Una semana más habría bastado.

—¿Para qué? —quiso saber el hombrecito.

—Para sacar, o comenzar a sacar, conclusiones.

Cayetano se armó de valor. Dijo:

—Tienen drogada a doña Clara.

El doctor movió negativamente la cabeza.

—La *mediqué*, simplemente, y vea que hablo en tiempo pasado —lo miró con fijeza. Ahora su semblante era severo; agregó—: No hace falta que usted lo entienda, desde luego.

Subieron uno tras otro hasta el piso superior; nadie volvió a dirigirle la palabra a Cayetano.

Apocado como se sentía, ya no preguntó por su pistola. Pero antes de que salieran, la enfermera de ojos saltones se la entregó. Incrédulo, Cayetano la tomó y le dio las gracias. Estaba descargada.

5

En la plaza en el centro del pueblo, la turba vociferaba. El jeep se detuvo unas calles más arriba para dejar allí al gordo y al hombrecito, que querían evitar el tumulto, ir directamente al helipuerto improvisado. Unos lugareños vieron la maniobra y avisaron a alguien entre la turba; pronto una veintena de indios corrían hacia el jeep.

—¡Corran! —gritó el subcomisario desde una puerta secundaria a espaldas del palacio municipal, y todos se bajaron del jeep y corrieron por una callecita inclinada que orillaba la parte alta del mercado.

En el corredor frente al palacio, Cayetano, que iba a la zaga dando brincos con las muletas, se volvió para mirar atrás antes de cruzar la puerta. En el otro extremo de la plaza, Pablo hablaba con un hombre de sombrero negro, un exPAC que parecía tener voz de mando. La turba ya rodeaba el jeep; van a quemarlo, pensó. Sintió que en cualquier momento todos podían volverse contra él.

Dentro, el subcomisario apremiaba a los funcionarios:

—Mientras antes se pongan de acuerdo, mejor. Esta gente ya no está pensando. El helicóptero podría peligrar.

—Pero, Maldonado —le gritó el gordo al subcomisario—, no me joda. Yo ya no debería estar aquí. ¿Dónde está el piloto? No tengo señal —dijo, y guardó el teléfono.

—Con la nave. —El subcomisario miró por una tronera antes de abrir otra puerta, la que daba a una callecita angosta e inclinada que llevaba a la playa, donde estaba el campo de fútbol—. Si se apuran, todavía se van. Voy a avisar a don Ignacio. Esperen aquí.

—¿Está bien la señora? —le preguntó Cayetano al subcomisario, que lo miró en los ojos con aparente desagrado, pero no dijo nada, y cerró la puerta a sus espaldas.

—En verdad, sos un huiteco —le dijo el gordo a Cayetano—. Por Dios —miró a su alrededor—, son unos mulas.

6

Los rayos de sol ya no tocaban la pared, sino que formaban una franja que se estrechaba en el piso de cemento gris. El murmullo en la plaza era extenso, como una llanura, y en otro idioma.

—¿Qué dicen? —le preguntó Javier al policía que lo acompañaba (¿o lo vigilaba?), pero el otro sólo se encogió de hombros y movió vagamente la cabeza.

—Están encabronados —dijo.

Se subió a uno de los bancos para mirar afuera por un tragaluz.

Por un instante, se sintió presa del pánico; ¿los iban a linchar?, se preguntaba. Le pareció que veía la escena desde lo alto —el salón rodeado por la turba, el lago, los volcanes.

Entró en el salón el juez de paz, un hombre delgado y anguloso, el aspecto inteligente pero excéntrico, de pelo gris y ropa sin color, seguido por un viejito de traje tzutujil que llevaba en brazos una vieja y grande máquina de escribir, la que instaló en una mesa en el centro del salón.

El juez dio una orden casi inaudible al agente, que seguía junto a la puerta. El agente se cuadró antes de salir, y el juez se volvió hacia Javier.

—Usted es Javier Robles, entonces. ¿Puede acercarse, licenciado?

Javier se acercó al juez, que le tendió silenciosamente la mano, una mano impersonal.

—¿Sabe usted lo que pasa, señor juez?

—A su amigo, es amigo suyo, ¿no?, no lo quieren soltar, pero no está en peligro, por el momento. Lo tienen, digamos, en calidad de rehén, hasta que se averigüe más.

—¿Y la señora?

—¿Doña Clara? Si quiere, nos sentamos —dijo el juez—, es acerca de ella que tenemos que hablar.

Pasó una mano sobre un banco para quitarle el polvo y se sentó. Javier hizo lo mismo. «La indiferencia de las cosas», recordó la frase, pero no la fuente.

A petición de Ignacio Casares —prosiguió el juez— debía hacer varias preguntas acerca de la conducta de Clara durante el último año y medio, y de su relación con él. El pequeño secretario tzutujil, que se había puesto unos anteojos enormes de aro de plástico verde, hizo correr el carro de la máquina y comenzó a teclear, mientras Javier respondía a las preguntas del juez.

Ella había decidido por voluntad propia —dijo Javier— mudarse de la capital, donde había estado trabajando para su padre (durante once años lo había hecho), a la casa del lago. Sus motivos eran personales, de salud, para precisar. Mantenía con Javier una relación de estrecha amistad, pero también era su cliente. En ningún momento —aseguró el licenciado— debió él ejercer la menor coacción. Por voluntad propia, también —añadió—, Clara había hecho construir las escuelitas para niños «especiales» de la comunidad de San Francisco, la clínica para mujeres —que tenía su sede en el pueblo, a dos calles de la municipalidad— y el Hospital Neurológico Experimental Lara Kubelka —que había abierto sus puertas hacía nueve meses al servicio de la población local.

—Muy bien —le dijo el juez—. Ella dice más o menos lo mismo. Eso está muy bien, para comenzar.

7

El policía abrió la puerta y anunció a la señora del cocido que el juez había mandado llamar.

Entró en el salón una matrona de piel muy arrugada. Se apresuró a poner sobre un banco la gran olla que, envuelta en un trapo sucio, traía sobre la cabeza. A un lado de la olla dejó un rimero de tortillas, unos boles de terracota y varias cucharas de peltre barato carcomidas por el uso de mil bocas. Desató el nudo de la tapa y al levantarla salió un vaho de apazote, verduras y grasa animal; unas moscas comenzaron a hacer maniobras alrededor de las tortillas.

—Pueden servirse, por favor —el juez indicó la olla, los boles, las tortillas—. Don Catarino, don Javier, señor agente. No es lo usual, ni lo estrictamente correcto, tal vez, pero yo le pedí que viniera, cuando fueron a lla-

marme. Estas cosas suelen alargarse, quien lo vivió lo sabe.
—La sonrisa podía ser un rictus.

La señora fue a sentarse en uno de los bancos en el otro extremo del local, sacó un pañuelo, se sonó la nariz. El viejito se levantó y poco después estaba sentado en un banco sorbiendo silenciosamente el caldo, acompañándolo con una tortilla. Javier miró su reloj; eran las doce. El olor a grasa de carne le repugnaba. ¿Cuándo volvería a comer bien? —se preguntó.

—Gracias —dijo—. No tengo hambre.

El juez se sirvió un bol, fue a sentarse junto al secretario.

—Por favor —le dijo al agente—, sírvase, siéntese.

Levantó su bol, sorbió un poco de caldo. «Excelente», dijo, mirando dentro del bol. Se cubrió la boca con un puño para eructar. Tenía que explicarle algo a Javier —dijo, mientras el agente se descubría la cabeza y empezaba a comer— que era posible que ignorara, pues casi todo el mundo lo ignoraba. En esa tierra coexistían dos formas de derecho. La occidental, o *kaxlán,* y la maya. ¿No lo sabía el licenciado?

Javier dijo que no lo sabía.

El juez continuó: si alguien era detenido como supuesto delincuente dentro de los límites jurisdiccionales de una comunidad determinada, podía optar por ser juzgado por las autoridades mayas, en lugar del Ministerio Público.

El agente, que había engullido su comida, dejó el tazón junto a la olla y volvió a colocarse en la puerta principal.

—Por ahora, mientras eso queda definido, yo le aconsejo que no salga —dijo—. Podrían agarrarlo a usted también.

El barullo de la plaza disminuía. ¿La gente comenzaba a dispersarse? Poco después la puerta del salón se abrió de nuevo.

Detrás de una mujer policía regordeta, cara redonda y cola de macho, entraron Clara e Ignacio. La mujer policía se cuadró ante el juez y volvió a salir.

Clara e Ignacio no se habían movido —estaban a medio camino entre el agente y el juez. Sus semblantes reflejaban un profundo cansancio. Javier pensó: Es extraño. Son iguales. Nunca había notado el gran parecido de expresión. Clara, que al principio estaba como ausente, se quedó mirándolo un momento y luego atravesó el salón para abrazarlo. Se puso a sollozar, mientras Javier le acariciaba la cabeza.

—¿Y Meme? —preguntó.

—Creo que lo tienen de rehén. —Tenía esa esperanza.

—Lo iban a linchar —dijo Clara, y abrazó de nuevo a Javier. Temblaba.

Ignacio habló en voz baja con el juez, que se había puesto de pie.

Javier pensó: Lo que tiene ahora (la casa de su padre, las acciones del banco, el helicóptero...) ¿a quién se lo debe?

—¿Hay algo de tomar? —preguntó Clara.

—El caldo quita la sed —le dijo el juez, y volvió a sentarse junto al viejito tzutujil. Tomó el bol que había dejado en el banco y, antes de ponerse a comer, se dirigió al agente—: Por lo visto, ya no alcanzamos agua en botella, que también pedí.

El agente negó con la cabeza.

—Cerraron las tiendas —explicó—, por miedo al bochinche.

No se había equivocado, pensó Javier mientras conversaban: Ignacio no le reprochaba mayor cosa; entendía que hubiera ayudado a Clara a llevar a cabo el complicado escape de su circuito familiar, que se viera forzado a mentirles a él y a su padre acerca de su desaparición. No llegó a decir que estaba agradecido con el abogado, pero tampoco habló de perdón. Su lugar ascendió rápidamente en la escala de estimas de Javier. Si Clara estaba contenta —podía ser el mutuo y tácito entendido—, todo estaba bien.

8

—¿Entonces, señor juez? —preguntó Javier después de sentarse junto a Clara.

—Ignacio —dijo Clara, y tomó la mano de Javier mientras hablaba—. Venga acá. Siéntese.

Ignacio prefirió sentarse al lado del viejito tzutujil.

—Gracias —dijo.

—Veamos —dijo el juez—. Ya la sospecha de secuestro está disipada. ¿No, don Ignacio? Pero se ha extendido el rumor de que en su hospital, señora —miró a Clara—, ocurren cosas extrañas.

—Eso no fue idea mía —dijo Ignacio en tono defensivo cuando el juez lo miró—. Pero sin duda todo podrá aclararse. Cayetano cree que en el hospital llevan a cabo prácticas ilícitas. Tal vez se trata de una percepción equivocada, nada más.

—Está de atar, no hay duda —dijo Clara—. ¿Pero de qué están hablando?

—Dicen que les están lavando el cerebro a los enfermos. O robándoles el alma, el nahual —dijo el juez, y entornó los ojos—. Es lo que dicen, sí. Muchos lo han creído. Cayetano habló con un pastor evangélico, amigo de los exPAC. Él mismo, creo, fue patrullero. Lamentablemente, confundieron a don Manuel con el doctor.

—¿Entonces? —volvió a decir Javier después de un momento.

El juez, que había terminado de comer, se puso de pie. Dijo:

—He visto casos parecidos y, créanme, cuando esta gente se enardece, son capaces de cualquier cosa. Yo les sugiero pedir un juicio maya. En nosotros no confían, tal vez no sin razón —se sonrió cínicamente.

—¿Un juicio maya? —dijo Javier—. ¿Qué quiere decir?

—Es la única forma —replicó el juez— que se me ocurre para calmar a esta gente. No van a querer dejarlos ir, de otra manera. Aunque el MP los *des*incrimine —dijo—. Ya lo vieron. Vino el tata, y la gente se calmó. Sinceramente, creo que harían bien en ponerse en sus manos. Así nos quitamos de encima a los exPAC. Mientras tanto, recomiendo que ustedes no se muevan de aquí.

Javier se levantó y dio un paso hacia el juez.

—¿Puede usted explicarnos en qué consiste un juicio maya?

El juez asintió.

—Más o menos. Hay un procedimiento —dijo— cuyos detalles desconozco. Ustedes están en su derecho de saber, cómo no. El anciano podría explicarlo. Pero hace falta alguna mística, se lo advierto.

Un poco más tarde, cuando la señora del cocido se hubo marchado con sus trastes, el juez eructó una vez más con discreción y fue a sentarse junto al secretario.

Clara se acercó a Javier.

—¿Qué está pasando? ¿Y Meme? —le preguntó—. Tengo miedo. ¿Me estoy volviendo loca?

Javier la rodeó con los brazos.

—No —le dijo. (La locura está alrededor, pensó.)

Sin decir nada, el juez salió del salón seguido por el agente, que cerró la puerta a sus espaldas.

Javier fue detrás de ellos, intentó abrir.

—Estamos encerrados —anunció, y en vano forcejeó un momento, dio puñetazos a la puerta. Llamó al otro lado; no obtuvo respuesta.

9

Meme, el malparado defensor de los indios, se sobaba las muñecas, lastimadas por las ataduras de alambre, entumecidas por la inmovilidad, y tenía la cara roja de insolación y de ira, cuando entró en el salón, tambaleante, entre el juez de paz y la mujer policía. Parecía que le fallaban las piernas. Lo dejaron sentado en un banco, recostado en la pared. Clara corrió hacia él. Javier la siguió, despacio. Tenía sangre seca en una mejilla, y Clara estaba tratando de limpiarla con sus dedos.

Javier le dio unas palmaditas en un hombro, le pasó una mano por la espalda: estaba empapado en un sudor helado y pegajoso.

—Estoy cagado. ¿Podés creer esta mierda? —le dijo Meme a Javier.

—Se salvó —le dijo el juez—, gracias al tata, ¿cierto? Me alegro, en verdad. Lo último que necesitamos aquí es más linchamientos. Detrás de esa puerta. —Señaló el otro extremo del salón— hay un baño. Debe de haber agua y jabón.

El viejito, que introducía más papel en el rodillo, asintió con la cabeza.

—¿Por qué creés que me agarraron?

Javier le dijo:

—Te confundieron con un doctor.

—Un médico —agregó el juez, y levantó las manos—. Eso es.

10

El subcomisario irrumpió agitadamente en el salón.

—Van a retirarse, en principio. Quedan a disposición de los tatitas, ¿de acuerdo, señor juez?

El juez asintió y el policía le dio la espalda para proseguir:

—Don Ignacio, a usted lo esperan en la playa. La agente aquí lo puede acompañar. Se van directo al campo de fut —le indicó a la mujer policía—. Los otros agarraron por la parte de atrás. Deprisa, por favor. —Se volvió a Clara—. Usted también se queda, ¿no? Cayetano pregunta si está bien —le dijo, con una insinuación de humor.

Clara le devolvió una sonrisa cansada.

—Estoy bien.

Ignacio salió deprisa detrás de la mujer policía. Levantó un brazo a modo de saludo antes de cruzar la puerta.

Los pantalones mojados de Meme, al volver del baño, dejaron un caminito de gotas a través del piso de cemento del salón.

—¿Nos quedamos, no? —dijo Clara en voz muy baja; miró a Meme, luego a Javier.

El juez y el subcomisario se acercaron al viejito para conferenciar. Pronto, el juez dictaba. El ruido de la máquina ahogaba sus palabras.

Oyeron el motor del helicóptero que despegaba, y por un momento los gritos de la turba volvieron a crecer, pero el juez siguió dictando sin interrupción. Un cuarto de hora más tarde el viejito sacó el papel de la máquina y lo dio al juez, que se sentó a leerlo; pronunciaba en voz baja cada palabra. El secretario tuvo que hacer algunas correcciones, y el juez volvió a leer la hoja. Ahora era necesario ponerlo todo en kiché y en tzutujil, le dijo. El subcomisario se despidió, salió del salón.

11

Había hecho redactar —explicó el juez— un documento por el cual, en vista de que los delitos de que eran sospechosos atañían a personas de la comunidad de San Francisco, aceptaban ser juzgados por las autoridades mayas, representadas por el Consejo de ancianos, también llamados tatas. Técnicamente —les dijo cuando lo hubieron firmado— estaban arrestados. No debían ausentarse del municipio sin autorización de los ancianos, que harían averiguaciones sobre los pacientes del hospital.

—Los citarán en Nahualá —siguió explicando el juez—. Yo que ustedes, sobre todo si quieren permanecer en el lago, acudiría.

—¿Hay entonces un acuerdo entre la autoridad y estos señores? —preguntó Javier.

—Es algo nuevo —asintió el juez.

Dejó caer los hombros.

—No creí que llegara a presenciarlo.

—Todo esto comenzó hace muchos años, licenciado. El acuerdo aquel —le dijo el juez—. Usted mismo, si no recuerdo mal, estaba a favor. A ver. Hice alguna huisachada para el bufete Robles & Rosas. ¿Creo que en el noventa y seis?

El Convenio 169/89 de la Organización Internacional del Trabajo sobre los pueblos indígenas, tal vez era cierto. El bufete había trabajado en favor de su instauración. ¿Quién pudo prever las consecuencias?, se preguntó. Podían estar satisfechos, sus opositores.

Ya el sol no calentaba cuando —seguros de que la turba se había dislocado por completo— bajaron Clara, Meme y Javier hasta el muelle, donde Pablo los aguardaba en la lancha del hotel. Había conseguido algo para la cena, les dijo mientras soltaba las amarras y tiraba de la cuerda del motor. Suponía que estarían hambrientos y en la casa ya no había casi nada. Las luces de neón del otro lado del lago estaban encendidas.

—Nos salvamos —dijo Clara, su voz apenas audible sobre el zumbido del motor.

Meme se rió —una carcajada seca—, se agachó para sacar un aguacate de piel dura del morral de Pablo, lo partió en dos con las manos y tiró la semilla —muy grande— por la borda. Hundió los dientes en la pulpa verde. «Ah —dijo, y se limpió la cara con un brazo—. Qué delicia».

Cuando ya la lancha planeaba sobre el agua, Javier gritó:

—¡Arriba Guatemala!

Juicio maya

I

1

De vuelta en el antiguo hotel, Clara se puso a curar las heridas del maltrecho defensor de los indios. En el baño principal, donde colgaba un viejo botiquín de madera con su crucecita roja en la puerta, Meme se sentó de lado en el bidé, los brazos extendidos sobre un lavamanos de cerámica con flores en azul y blanco. Una culebrita de sangre se arremolinaba con rapidez al mezclarse con el agua del caño. Pronto desapareció.

—No es nada —dijo Clara, y comenzó a examinarle la mejilla derecha, donde tenía unos rasguños.

Meme se miró en el espejo, movió tristemente la cabeza, muy despacio. Javier, que hacía de asistente (ahora empapaba una gasa con alcohol), le dijo:

—Es la historia de siempre. Los perros muerden la mano.

—No es así de sencillo —dijo el otro. Miró en los ojos a Clara, que estaba vendándole una muñeca con esparadrapo y un ungüento analgésico. Le dijo—: Ya no siento nada. ¿Es normal?

Clara no estaba segura.

El doctor no bajó a la casa hasta las siete y media, como solía, a la hora de la cena. Examinó rápidamente a Meme mientras se informaba acerca de lo ocurrido en el pueblo. Felicitó a Clara por los vendajes; todo estaba bien. No fue hasta que se sentaron a cenar cuando volvieron a hablar de los tatas. Se pusieron de acuerdo en que debían acudir a la citación en Nahualá, que estaba a media hora de camino por el lado de San Pablo. Al parecer, los tatas citarían antes a otros vecinos «para conseguir referencias»; todavía no habían fijado fechas.

—Tienen que consultar entre ellos, y con el envoltorio, el *tz'ite*. Luego nos dirán el día —les dijo Pablo.

2

A ratos se imaginaba a sí mismo como el protagonista de uno de esos dramas rituales en que algunos días de bienaventuranza preceden al sacrificio final. El bienestar físico era completo. Fuera, los colores cambiaban —y el ruido del agua en las rocas— para indicar el paso del tiempo; dentro, los fluidos corporales eran liberados o desechados por el torrente sanguíneo al ritmo justo. Una sensación de plenitud (luego, deseos de orinar). Sabía que una situación como aquélla no podía prolongarse. ¡Pero ya había durado tanto! A ratos intentaba imaginar a los ancianos mayas que decidirían un aspecto importante de su futuro dos o tres días más tarde en Nahualá, tirando frijoles rojos en el suelo, agrupándolos, contándolos.

Los recortes de prensa pegados en la pared del salón municipal revolotearon una vez más en su cabeza.

3

—Ésta es nueva —dijo Javier. Sostenía una pastillita negra de forma esférica entre el índice y el pulgar. La hizo girar para ver su contorno a la luz suave de la mesa de noche, recostado contra la cabecera acojinada de la gran cama, bajo el escrutinio cercano de Clara.

—Tómatela —le dijo, seria, en su papel de enfermera.

—¿Y si me niego?

Lo miró con una intensidad teatral.

—¡Se lo digo a los tatas!

Los tatas, Pablo hablaba cada vez más acerca de ellos. Eran —pensaba Javier— los portadores del virus de una religión caduca que se resistía a la extinción.

—¿Qué vas a decirles?

—Que me has engañado, que me drogas.

Javier se sonrió, hizo un gesto de resignación, se incorporó en la cama, engulló la pastilla, tomó agua.

—¿Está?

—Está.

—Ok —le dijo Clara, y le ofreció otra pastilla. Era color mandarina con una franja blanca.

—¿Y ahora?

—Un relajante.

Lo empujó para atrás. Cayó de espaldas y ella se acostó de medio cuerpo sobre él. Lo besó, le acarició el pecho, desabotonó la camisa. Hubo un leve forcejeo y de pronto él estaba encima.

—Un momento —dijo Clara—, falta una.

Alargó la mano y tomó de la bandeja una pastilla color púrpura.

—Ah —dijo Javier, de nuevo resignado—. Está bien. ¿Pero ésta, qué es?

—Deja de preguntar —le dijo Clara—. Confía y obedece. Es hora de gozar.

Una nueva fuerza había despertado en ella —se daba cuenta; parecía que irradiaba desde «el núcleo peligroso de su ser».

«La herida, el origen del mundo —recordó—, el pequeño triángulo abultado; ¿el infinito?». Clara volvió a empujarlo hacia atrás y soltó una risita de perversión que lo tomó por sorpresa. Sus espaldas tocaron el colchón y cerró los ojos. Sintió que seguía cayendo, caía interminablemente, como en un pozo sin fondo.

Los tatas —oyó su propia voz que pronunciaba las palabras—, *los tatitas*.

—Clara —dijo—. ¿Me quieres?

—Te adoro —contestó ella.

Poco después perdería la conciencia —no iba a recordar lo que pasaría entre los dos aquella noche. Lo sabía, y la idea no lo tranquilizaba.

4

Era ya pasado el mediodía cuando Pablo fue a buscarlo.

—Don Javier —le dijo desde la puerta del cuarto—. Uno de los tatas quiere verlo. Hay preguntas que quieren responder.

—No entiendo.

Pablo guardó silencio.

—Vino desde Nahualá. Ya soñaron. Van a juzgar.

Demasiado tarde —pensó— para huir.

—¿Dónde está?

—Espera en el jardín.

El emisario del Consejo esperaba de pie junto a un árbol con su vara sagrada. Es como un mono —pensó Javier, mientras el tatita se presentaba—. Debe de ser porque es muy, muy viejo. Cualquiera para así. La figura en el mango de la vara lo retrataba.

—Hay que saber cómo es la gente, antes de juzgarla —le dijo, y Javier sintió que el viejo podía adivinar lo que pensaba. Le pidió que fueran a sentarse a una mesita de hierro a la sombra de un viejo sauce, donde no crecía la grama. El viejo lo siguió. Estuvieron un momento en silencio, y el viejo se volvió para hacer unos trazos tentativos con su vara en la tierra—. Hemos marcado la Tierra con estas varas desde que apareció la cara del hombre, caras como las nuestras, desde que llegamos aquí, procedentes de Tulán. —Hizo una pausa, volvió a clavarle los ojos, prosiguió—: Nuestros abuelos, los Tzoc, los Tambriz, los Curruchich, aprendieron a hacer esto en ese tiempo. Lo dejaron escrito en varias lenguas y lo enseñamos de generación en generación. Esto es el *tz'ite'*, el envoltorio sagrado, esto que hacemos se llama *solonik*. Hay que desenredar los nudos, conocer a los actores, averiguar las causas.

Se sentó en el suelo sobre sus piernas dobladas y abrió el envoltorio sagrado, donde estaban los frijoles rojos. Despejó con las manos el suelo; ¿trazó unas figuras: un rectángulo, una cruz? Tomó un puñado de frijoles del envoltorio y luego, como un jugador tira sus dados, los dejó caer con cierto cálculo, pero reverenciando el azar. Los contó, los agrupó.

La parquedad, la reverencia eran enfáticas, y tal vez excesivas. Era absurdo pensar que el orden y la figura que los frijoles formaran en la tierra, el pedazo de tierra que el viejo había aplanado y trazado y finalmente besado, decidirían su destino. Pero aparentemente así sería.

—Todo está bien —le dijo el tata, que no volvió a mirarlo en los ojos—. No se apure.

Esto no lo tranquilizó. ¿Ya lo habían juzgado?, se preguntaba.

II

1

Después de discutir con Ignacio acerca de la condición de su hermana, Cayetano decidió ir a ver a los tatas, que lo citaban a él también en Nahualá.

—Me parece muy bien —le dijo Ignacio—. Pero no esperés que me meta más en el asunto. He visto el historial clínico de Clara. Ella misma me pidió que lo viera. Estuvo en terapia más o menos desde que yo me fui de la casa. No lo sabía. Nada grave. *Lag time dyslexia, in English* —se rió—. Es como no entender lo que ocurre en tiempo real, solamente después, al recordarlo. Yo paso horas y horas pensando en el pasado. Tal vez padezco de lo mismo. Pero hay cura. A base de drogas, Cayetano. Luego dejan de ser necesarias, en la mayoría de los casos. Clara parece que está curada.

Cayetano no estaba convencido. Había algo más. ¿Por qué nadie quería entenderlo?

Hizo reproducir las fotos de varios pacientes con nombres y caras indígenas del hospital —cinco niños de entre cuatro y siete años y tres adolescentes— y tenía suficientes copias como para poner una en cada poste de la luz de tres o cuatro pueblos alrededor del lago, pensaba.

Como la turba de San Francisco había quemado el Willys —cuando lo vio desde el helicóptero ya ardía en llamas—, volvió al lago en una Prado color negro con vidrios polarizados que acababa de comprar (cortesía de los Casares) y pagó a unos muchachos de Panajachel para que fueran a pegar las fotos en los pueblos de la orilla noroccidental.

Se alejaba de la placita en declive de San Francisco
cuando sintió que tiraban de la manga de su camisa. Era
una mano enjuta color chocolate, una mano vieja.

—Disculpá, señor —le dijo una voz quebradiza.

Se volvió y puso los ojos en un rostro tenso y arrugado. Una anciana de pelo gris lo miraba.

—¿Don Cayetano?

Cayetano se detuvo.

La vieja le enseñó una foto —había conseguido
despegarla de un poste sin que se rompiera.

—Mi nieto —le dijo.

Examinó la foto.

—Está en el hospital.

—¿Verdad? ¿Usted lo vio?

—Sí, lo vi.

—Pensé que estaba muerto —parecía, de pronto,
que iba a ponerse a llorar—. Ay, papaíto —dijo—. Me
lo encontró. Dios lo va a bendecir.

—¿De dónde es usted? —le preguntó Cayetano.

—De San Miguel Nagualapán.

La suerte le sonreía al fin. Le dijo a la vieja:

—¿Vamos a hablar con los tatas? ¿Cómo es que se
llama, me dijo?

—Andrés, se llama. Curruchich.

2

Durmió en un hotel en San Marcos esa noche, y
pidió indicaciones para viajar en transporte público hasta
Nahualá. Subió por una callecita de piedra donde niños
y mujeres tejían petates con tul verde hasta la esquina
donde se detenía el picup, como le habían indicado en el

hotel. Esperó allí un cuarto de hora para abordarlo; con cuatro hombres sentados en la palangana arrancaron monte arriba por un caminito entre cebollares hacia la carretera Panamericana. Los hombres se apearon al final del pueblo, junto a un terreno baldío.

3

Esperó al lado del camino hasta que el bus llegó; un niño colgado del tubo de la puerta gritaba: «¡Los Encuentros, Los Encuentros, Nahualá, Nahualá!».

En Nahualá, al final de una calle inclinada no muy lejos del mercado, en una pequeña oficina en un segundo piso lo recibieron —un joven en jeans y camiseta roja y tres ancianos de tez curtida y mirada pétrea, con faldas rodilleras y tocados de colores.

Les habló del hospital, donde él estuvo internado, y el joven de jeans tradujo sus palabras al idioma de los viejos. Había visto allí a un niño de Nagualapán —continuó Cayetano—, un niño sordo, que había desaparecido varios meses atrás. Había localizado a la abuela —les aseguró—, quien lo daba ya por muerto. Él estaba seguro de que experimentaban con él.

—¿Se puede estar seguro? —quiso saber el joven.

—Tengo fotografías.

Los del Consejo consultaron entre ellos. Luego el joven se dirigió a Cayetano.

—Tenemos que ver al muchacho, antes que nada.

Cayetano les entregó las fotos, y quiso saber cuándo podía volver, pero la respuesta no fue clara. Podía —fue lo que entendió— volver cuando quisiera.

Al despedirse, sin embargo, el joven le dijo:

—Lo llamaremos cuando ellos puedan venir.

—¿Ellos?

—La gente acusada. Hay que carearlos.

Camino abajo por la callecita inclinada que atravesaba el pueblo indio, sintió miedo. Tal vez don Ignacio tenía razón y debía olvidarse de todo. Tres perros muy flacos, uno tuerto, hurgaban en las basuras de un tonel volteado; con sus pasos se espantaron. Un pueblo desdichado, pensó. De la víspera, Día de la Biblia, quedaban aquí y allá a orillas de las calles vestigios de altares callejeros, cera derretida y cabos de candelas, globos color púrpura medio desinflados.

Como diría don Claudio —pensó Cayetano—, don Ignacio no tenía agallas. Ni siquiera en nombre de su hermana había sabido reaccionar. Voy a buscar a Josefina, se prometió a sí mismo, pensando en su propia hermana. Había oído que estaba en el hoyo, y, como decían, aún cavando; a él le tocaba sacarla de allí. Volvería a vivir en el pueblo, en Jalpatagua, cerca de su madre, y tal vez tenía suerte y aquella muchacha, la altanera Irina, estaría sin marido todavía. Podía estar tranquilo, nadie lo había relacionado con la desaparición del tío Chepe. Nadie lo haría. La muchacha no podría tener un mejor pretendiente, y, ahora, además, con dinero. Pero, después de tanto tiempo, ¿no estaría ya con otro?, se preguntó. No podía apartar de su mente la turbia imagen de Irina abrazándose a un hombre sin cara.

Con dificultad subió al autobús y se hizo lugar entre la gente. Los olores de este bus no se parecían a los de los buses de Oriente, pensó. Era un olor intenso, casi maligno. Sintió de nuevo un miedo irracional; estaba encerrado, inmovilizado entre aquella masa de indios. Un vendedor de periódicos subió cuando parecía que no cabía nadie más. *«¡Nuestro Diario; La Prensa!»*, gritaba, y el autobús arrancó.

Cuando la brisa entró por las ventanas se sintió optimista una vez más; las fotografías hablarían por sí solas, en eso confiaba.

III

Aquella tarde debió de haber una tormenta en el sur, aunque no había llovido sobre el lago ni en los montes alrededor. El doctor tomaba ginebra en la terraza occidental. Clara y Javier acababan de sentarse a la mesa junto a él. La bruma tenía el color del oro —un oro pulverizado. No había brisa, pero a esa hora de la tarde no hacía calor.

Había un diario del día en la mesita de café; Javier releyó los titulares. Un expresidente que guardaba prisión por un desfalco millonario acababa de ser propuesto como candidato a diputado.

Una lluvia de mosquitos minúsculos comenzó a caer un poco antes del oscurecer, y ahora el suelo estaba alfombrado con los pequeños insectos moribundos o muertos. El agua del lago despedía un olor malsano —cosa cada vez más usual: las algas microscópicas habían surgido hacia mediodía, y varias generaciones de cadáveres salían a flote minuto tras minuto.

Por la noche, tendido en la oscuridad, recordó la silueta de los montes a la orilla del lago; estaba rodeado por gigantescos lagartos inmóviles. Pensó en su hijo Raulito, en Pátzcuaro, y en la conversación que había mantenido con Clara poco antes de acostarse a dormir.

—Nunca dije que tu padre fuera una mala persona, no en ese sentido —le había dicho.

—Un producto de su tiempo, fue lo que dijiste.

—Todos somos producto de nuestro tiempo, sí. Pero —replicó Javier, para atenuar la generalización— quienes menos, quienes más. Ernesto, por ejemplo. Siento que en cierta manera va adelante de su tiempo.

Clara lo había mirado con cierta ternura.

—Eres un ingenuo —dijo, para sorpresa de Javier—. Tarde o temprano, ¿quién dijo que siempre es así?, lo va a alcanzar, su tiempo. Incluso a él.

—También somos producto de nuestro medio. —Hizo una pausa—. Mirá el caso de Rodrigo, si no.

—¿Qué Rodrigo?

—Mi colega.

—Yo pensé que el otro. Se cree Dios.

—¿El escritor? —Javier se rió—. Pero déjalo. Otro producto de su tiempo y de su medio.

—¿Te parece? —Estaba claro que ella no estaba de acuerdo—. Ése está, y siempre estuvo, *fuera* del tiempo —agregó, pero en un tono despectivo, descalificador— y en ningún lugar, si me preguntas a mí.

IV

1

El suelo del cuartito de tres por cinco al lado de la oficina del Consejo, en el segundo piso del edificio de hormigón, estaba hoy cubierto de agujas de pino. En el fondo, en la pared opuesta a la entrada, colgaba una manta roja con la efigie del Che, que tomó por sorpresa a Cayetano. Era el primero en llegar, le dijo Juan Chox al recibirlo, y le pidió que se sentara en una de las sillas de plástico alineadas contra la pared. Al entrar en el cuartito, los indios fueron dejando sobre una mesa-altar sus varas sagradas, cuyas empuñaduras eran figuras de caras humanas que parecían sus propios retratos —aunque había una que parecía hecha de hueso y que, a manera de pomo, llevaba el cráneo de un pájaro— y luego iban a sentarse detrás de la mesa, donde había un montoncito de frijoles rojos, una vasija de terracota con forma de caracol y una piedra negra del tamaño de un cráneo y de aspecto maléfico, pensó Cayetano. Era intensamente negra, la piedra, pero no despedía ningún brillo. Sí, debía de representar un cráneo, se dijo a sí mismo, y siguió observándola, como si sus ojos fueran irresistiblemente atraídos a ella.

Los nahuales más viejos vestían trajes multicolores. En algunos predominaba el rojo; en otros, el verde. Dos tenían el cabello ceniciento, otro lo tenía abundante, muy negro, y el último —a quien Cayetano recordaba de su visita anterior— estaba rapado. El que parecía más viejo tenía ojos alegres y también profundos, con pupilas e iris confundidos en un líquido negro y viscoso; se quedó observando un momento a Cayetano.

La abuela del niño sordo llegó un poco más tarde. Juan Chox le indicó que se sentara en el suelo frente a la mesa-altar, de espaldas a Cayetano. El nahual rapado dijo algo y los otros asintieron.

La vieja, que empezó a hablar en español y continuó en lengua, levantó una mano y se tocó el dedo índice. Luego señaló la foto que Juan Chox acababa de colocar sobre la mesa junto al envoltorio sagrado.

Al cabo de un cuarto de hora largo Juan Chox se levantó de su silla, atravesó el cuarto y salió al pequeño corredor, donde se habían ido congregando varias personas; discutían en voces cada vez más recias. La salida de Chox las silenció. Se oyó el nombre de Andrés, Andrés Curruchich. Un minuto más tarde, el niño kiché y Chox volvieron a entrar en el cuartito donde, desde la pared del fondo, la efigie del Che presidía la curiosa escena.

El niño era flaco y tenía grandes ojos negros y almendrados. Vestía pantalones blancos de Santa Catarina y una camiseta deportiva. Estaba rapado casi al ras. La abuela se volvió para verlo y el niño abrió mucho los ojos, pero se quedó junto a la puerta.

—*Catjó* —dijo la vieja, y tocó el piso cubierto de agujas verdes; el niño dio un saltito para quedar hincado de rodillas al lado de ella. Intercambiaron señas y sonrisas, se rodearon mutuamente los hombros con un solo brazo, chocaron suavemente las cabezas, y luego se quedaron quietos, mirando a los ancianos.

—¿No entendés? —le preguntó Juan Chox al niño, después de que, al hablarle en su lengua, el niño no respondiera. El niño negó con la cabeza. Tenía dos cicatrices color rosa detrás de las orejas, que a Cayetano le parecieron muy pequeñas.

—¿Español, entonces? ¿La conocés? —miró a la vieja.

—Sí.

¿Es tu abuela?

—Sí.

—A ver, tu mano izquierda.

El niño alzó la mano con el dedo faltante y luego uno de los ancianos le indicó que se pusiera de pie.

—*Catjó* —le dijo, y luego en español—. Vení para acá.

Examinaron su mano mutilada y luego le pidieron que se volviera y uno de los ancianos levantó su camiseta y la volvió a su lugar.

—Ya podés sentarte —le dijo Chox, y el niño volvió al lado de su abuela.

Cayetano oyó la voz de Clara, que venía del corredor. En los minutos de espera que siguieron, mientras los nahuales tomaban consejo entre ellos, Juan Chox salió del cuartito y volvió a entrar tres o cuatro veces. Al fin hizo pasar a Clara, acompañada por Pablo, el asistente. Se quedaron junto a la puerta, nadie les indicó que se sentaran. Pablo hizo una ligera reverencia y, con la mirada en la manta del Che, comenzó a hablar en una voz calmosa, intercalando frases en lengua maya y en español; «para que todos le entendieran», dijo, mirando a Clara y luego a Cayetano.

—Me llamo Pablo Ramírez y soy de Tzununá —comenzó.

Dijo la fecha, los distintos nombres del lugar en donde estaban; entre ellos, Chojojché, «ante el árbol de los cuervos». Invocó ascendencias, orígenes, cargos, oficios e instituciones. Dijo los nombres de los ancianos, sus linajes.

—Juan Chox presidirá el Consejo de hoy y yo seré su intérprete —concluyó, y los nahuales les pidieron a Clara y a él que se sentaran.

—Que hable la señora —ordenó después Juan Chox en lengua kiché—. No hace falta que se levante.

Pablo se inclinó hacia Clara y luego hacia Cayetano, para interpretar.

2

Una mañana, meses atrás, había salido con Pablo a comprar lazos y pita para un proyecto artesanal —contó Clara, y Pablo interpretó para el Consejo—. En el camino, en un lugar en que se había producido un accidente (más arriba estaban un remolque y un picup volcados y había restos de canastos y carga malparada a la orilla del asfalto), Clara vio por entre el follaje de un aguacate algo que le llamó la atención. Pensó que era un pedazo de ropa prendido entre las ramas. Pero luego distinguió una pierna; era la pierna de un niño. Ordenó a Pablo que parara. Y fue así como encontraron a Andrés, que estaba colgado en un horcón. Gemía apenas. No entendía, no podía oír. Se expresaba, sin embargo, por señas, en el lenguaje de sordomudos de Nahualá, explicó Pablo. Subió para ayudarle a bajar. Él mismo se había amarrado al árbol con su cincho, para evitar caer si lo vencía el sueño. Tenía una herida en el muslo, nada grave. No tenía roto ningún hueso. No había forma de identificarlo. Dormía cuando llegaron al hospital.

Le habían hecho un implante, ahora podía oír y hablaba incluso un poco de español. «No el laberinto físico —les dijo Clara— sino su imagen en espejo que está en el hipocampo, en el mío, en el de ustedes, en el de todos. El niño nació sin ella. El doctor la puso allí».

A Cayetano le pareció que ella volvía a ser la de antes, mientras la oía hablar. Pablo interpretaba en kiché, con la mirada puesta en la manta más allá de la mesa-altar presidida por Juan Chox. Los ancianos observaban con caras inexpresivas; cuando Clara dejó de hablar, volvieron a consultar entre ellos.

Juan Chox pidió la palabra al Consejo y habló en español.

—Entendemos la naturaleza de esas prácticas que acaba de mencionar, señora —empezó a decir, dirigiéndose a Clara—, y es cierto que nuestros antepasados deformaron cráneos para curar enfermedades y realzar cualidades. Dejamos de practicarlas hace tiempo. Mucho tiempo. Nuestros médicos usan solamente algunas palabras, algunas yerbas. El bisturí, dicen los abuelos, es signo de impaciencia, de violencia. Esas cosas no están bien. Sin embargo, nos causa gran alegría comprobar que Andrés haya sido curado de su sordera en el hospital de ustedes. Nos alegra también saber cómo llegó allí. Su suerte, decimos. —Miró al niño, que estaba junto a la vieja, ambos sentados sobre sus piernas dobladas en el centro del cuartito. El niño asintió.

Los tatas intercambiaron unas palabras, y luego Juan Chox le pidió a Clara que saliera al corredor. Ella se levantó; parecía que estaba al borde del llanto. Salió y cerró la puerta con mucha suavidad.

Un poco más tarde Juan Chox pidió que salieran también el niño y su abuela, Pablo y Cayetano. Tuvieron que apretujarse unos contra otros en el pequeño corredor, pero Clara, en el extremo opuesto, le daba la espalda a Cayetano. Alguien abrió una ventana, que miraba a la calle. Estaba atestada de gente, campesinos que volvían del mercado. Se oían claramente los gritos de un predicador evangélico. Música de marimba retintinaba en otra parte.

De pronto, por fin, Clara se acercó a Cayetano.

—Creo que no me he portado bien contigo —le dijo—. Disculpame.

—Doña Clara...

—Decime Clara. Por favor.

Cayetano bajó la cabeza. Sintió un mareo que se convirtió en vértigo. No podía creerlo. Detestaba el olor, los ruidos de aquel lugar; era un pueblo demasiado extraño. Tenía que escapar cuanto antes. Se apoyó contra una columna del corredor. Clara lo tomó de un brazo.

—¿Estás bien? Estás pálido.

—¿Y usted?

Lo miró con una sonrisa.

—Dame un abrazo, hombre, no pasa nada.

Juan Chox abrió la puerta de hierro del cuartito del Consejo.

—Don Cayetano puede irse —dijo—. Clara y Pablo, esperen un momento. Los demás —con un gesto les indicó que volvieran a entrar.

Más que liberado se sintió deshonrado. Cuánto engaño, pensó.

—Muchas gracias —le dijo Juan Chox, pero su cara no tenía una expresión amable—. Vaya con cuidado.

—Adiós, doña Clara. —Le extendió la mano. Clara se adelantó a darle un beso (uno solo, fraternal) en la mejilla.

—Cuidate mucho —le dijo.

—Usted también, doña Clara.

La anciana se acercó a Cayetano y le besó la mano en señal de gratitud.

—Que Dios me lo bendiga especialmente, papaíto —le dijo.

El niño lo miró sin decir nada.

3

Mientras bajaba cojeando, con más incomodidad que dolor, por las calles de Nahualá más allá del mercado, entre el olor de los excrementos y las frituras: rabia, tristeza, confusión —eso era lo que sentía. Entró en una farmacia para pedir una botella de agua, y una joven indígena de grandes ojos negros que estaba sentada en el suelo tejiendo en un telar de cintura se quitó la correa y se levantó para atenderlo. Cayetano bebió media botella allí mismo, mientras la mujer volvía a su telar. Cuando salió a la calle, le llegó a la nariz un olor seco de flores de corozo. Esto le causó algún alivio. Es raro, pensó, lo que puede hacer un mero olor.

Siguió bajando despacio hasta el taller mecánico donde había pedido permiso para estacionar. Sacó la Prado por un angosto portón de lámina y dio una propina al encargado, un muchacho garífuna que lo dirigió mientras maniobraba. ¿Cómo vino a parar aquí?, se preguntó Cayetano. Muchas vueltas daba, sin duda, la vida. Tomó el camino vecinal hacia el cruce de la Panamericana.

La velocidad, una vez en la carretera, le sentó bien. Encendió la radio: Estéreo Nahualá. Un narcocorrido dedicado a un capo de la costa sur, evangélico notorio, que acababa de caer. «*Hermano Juan* —decía el estribillo—, *no anduvo solo, ni aquí en Moyuta, ni allá en Nueva York*».

El mediodía de abril barrido por el viento del norte era luminoso, con un fondo matizado en verde y amarillo bajo un cielo con nubarrones; el paisaje estaba infestado de pequeñas construcciones de bloque y lámina, de vallas publicitarias, de propaganda política (y antipolítica): «Todos los políticos son una mierda», recordaba a cada tantos kilómetros un cartel sobriamente diseñado.

Al ver una venta de cerámica en un mirador a la derecha del camino, pensó en su madre. Un poco más adelante —en Tecpán, tal vez—, se detendría para comprarle una botella de miel o un queso de Chancol.

En la capital, fue directamente a su apartamento. Las botas vaqueras resonaron en las gradas de hierro bajo el techo de zinc.

Dejó el arma sobre la repisa escondida detrás de la puerta. Abrió un cajón, organizó un juego de tolvas.

Comenzaría un negocio en Jalpatagua, ya vería —¿un tira- dero, una empresa de seguridad? (En el amplio horizonte que se había abierto para él durante el último año y medio, el sueño de las vaquitas se había evaporado.) Y pondría el dinero de los Casares en el banco. Se dio una ducha, y luego fue a pie al Pecos Bill, que estaba a unos minutos del antiguo complejo cultural, con ganas de una que- soburguesa.

Se levantó, como de costumbre, al amanecer. Preparó una maleta pequeña con ropa para los días que pensaba pasar en Jalpatagua. Ya estaba en las afueras, y el tráfico pesado aún no comenzaba.

Más allá de Don Justo paró en una gasolinera. Re- visó los neumáticos, el agua, el aceite. Pagó a la muchacha con tatuajes que le sirvió gasolina, y compró chicles para el viaje y un periódico. Antes de retomar el camino, echó una ojeada a las noticias departamentales (como lo haría en los días sucesivos), pero no aparecía nada sobre el hos- pital colgante junto al lago ni sobre las autoridades mayas de Nahualá.

Final

1

El decorado de su niñez y la alegría pueril en la cara de su madre al recibirlo lo deprimieron —acababa de enterarse de que Irina se había casado con otro. «Un narco», le aseguró su primo, que no había esperado para darle la noticia; el desfallecimiento de Cayetano parecía que le causaba satisfacción. Para vos la querías, pensó.

Con el dinero que Cayetano le había ido facilitando —y con la ayuda de un mozo que nunca antes se había podido pagar— doña Encarnación había hecho varias mejoras en la casa, que, pese a la presencia de los gatos, los sinsontes y el viejo loro («Ya sólo con él hablo», decía), tenía un fuerte olor a desodorante ambiental. A un lado de la casa, donde estaba el huerto de melones y pepinos, haría construir un garaje para el auto nuevo de Cayetano; se mantendría vacío trescientos cincuenta días del año, le dijo, pero no importaba.

Después de servirle el vaso de agua con azúcar de bienvenida y mostrarle el gran televisor de plasma y la nueva cocina, preguntó por el tío Chepe. Tal vez había agarrado para el Norte, inventó él, mientras en su imaginación lo veía tendido sobre el pasto seco, el boquete entre las cejas. La vieja asintió. Dijo: «Como todos. Pero el ingrato no me dijo nada. ¿Qué le costaba?». Le pidió una vez más a su hijo que regresara a vivir en el pueblo. Quería verlo casado, y que le diera retoños —usaba siempre la metáfora agrícola.

—Voy a ordenar mis tiliches —se excusó Cayetano un poco más tarde.

Estando solo por fin en su dormitorio, trepó sigilosamente a lo alto del armario. Donde el mueble casi se juntaba con el cielo raso, tenía otro secreto, en el que guardaba un maletín metálico lleno de billetes de dólares.

¿Cuánto tiempo habría empleado en juntar eso?, se preguntó a sí mismo una vez más. Pasó una mano por encima de los rectángulos de papel, sintió su olor peculiar. Era un hipnótico motivo verde y blanco, y se quedó mirándolo un rato en la penumbra. Tomó un grueso fajo de billetes para guardarlo en el cajón con llave del armario.

Más allá del huerto, había ahora un pequeño gallinero —con su gallo importado y media docena de gallinas criollas que ponían grandes huevos con yemas intensamente amarillas, casi coloradas, como comprobó Cayetano al desayunar. Ésta era la buena vida, se dijo a sí mismo; se sentía conforme con lo que le parecía que podía ser su futuro. Pero su madre no era una mujer feliz. Después de varias idas y venidas entre la mesa y la estufa se lo dijo; su cara en ese momento le comunicó un horror familiar. Había estado aguardando este momento —pensó él— desde el día anterior.

—Me preocupa tu hermana. El otro día la vieron —le dijo.

—¿Qué? —Empujó su silla ligeramente para atrás. Aquel molesto mareo.

El hijo de una vecina la había visto en un lugar llamado el Blak Kat, en Chiquimula. Chiquimula, él no había estado allí en años. La Perla de Oriente se había convertido en una pequeña gran ciudad, con narcomansiones, bancos, bares, restaurantes, discotecas.

—¿Sabías que tiene un niño? No lo conozco. Estará por cumplir el año. Se me hiela el alma cuando pienso en él.

—¿Y qué quiere hacer, pues?

—Yo podría cuidar a ese niño. Puedo todavía. Y quiero.

—Si quiere —dijo Cayetano después de pensarlo un momento—, puedo ir a ver si me deja hablarle.

—Me voy a sentir mejor.

2

El desvío a Esquipulas, tierra santa, le atrajo doblemente; allí estaba el milagroso Cristo Negro, de quien su madre era devota (su hermana también lo había sido, recordó); allí estaban los mejores restaurantes en muchos kilómetros a la redonda.

Una multitud de peregrinos bloqueaba la calle principal, así que estacionó en el gran hotel a la entrada del pueblo y descendió a pie. Calzada abajo hacia el antiguo templo de piedra con cúpulas blancas, se mezcló con los numerosos caminantes. Se detuvo en una plazoleta para contemplar un curioso monumento horizontal: un batallón de pies, piernas y muslos cobrizos de tamaño natural, unos descalzos, otros con caites, zapatos o botas, todos en actitud de esforzado andar, pero sin troncos ni cabezas. «Marchantes por la no violencia y por la paz», leyó en la lápida, y siguió andando, pensativo.

El olor de un millar de velas y cirios, los rosarios de manzanilla y los manojos de romero y tomillo en la umbrosa capilla —todo esto le hizo retroceder en el tiempo. ¿Cuántos años hacía desde que había visitado al Cristo?, se preguntó a sí mismo. Hizo la petición de un milagro como quien propone un contrato: ella se convierte; yo hago esto. Encendió las velas negras que acababa de comprar a una vieja frente al templo, rezó y, de rodillas, se persignó ante el crucifijo del pequeño Cristo de ébano. Sintió algo parecido a la envidia al ver los puños de hombres insignificantes y mujeres arrodillados a su alrededor en fervorosa oración. Se levantó, giró sobre sus botas texanas y salió al exterior. El fresco que hacía en la calle era extraordinario en aquella época del año, y también le pareció extraordinario, casi portentoso, que comenzara a llover cuando salía —una lluvia de gotas muy gruesas y frías que pronto se convirtió en un violento chaparrón; en pocos minutos, hizo que de cada canal de desagüe que corría por entre los apretados puestos de venta de parafernalia religiosa y yerbas santas alrededor del templo surgieran chorros de helada agua de lluvia.

Media hora más tarde, cuando Cayetano reemprendió el camino en la Prado, el sol comenzaba a brillar; los pequeños sables de las hojas de las palmas empapadas reverberaban recortados contra la tierra roja y las piedras, y los árboles alargaban sus ramas por encima de la franja de asfalto para hacerse caricias recíprocas, mientras las negras vainas de paterna y los nidos de oropéndolas con forma de testículos se mecían por encima del ruidoso tránsito de autos y remolques.

El Blak Kat —le habían explicado— quedaba a cinco cuadras del parque central, donde estaban la iglesia, la comisaría y el palacio municipal. El *nightclub* era un edificio de bloques color púrpura, con puertas y ventanas negras y un burdo letrero en rojo y azul. Hasta las siete no abrían. Cayetano decidió tomar una habitación en un motel pocas calles más abajo; la Prado estaría segura allí. Ya en el cuarto, se recostó a descansar y a prepararse para el encuentro con su hermana. A las seis, sin armas en el cuerpo (dejó la pistola en la guantera de la Prado, cuya alarma era potente), salió a dar un paseo. Las anchas calles de adoquín estaban alfombradas con basura festiva de los días de la Divina Pastora. Reunida en las aceras sombreadas frente a sus casas, la gente tomaba el fresco en mecedoras de mimbre o sillas de plástico. En la plaza, los jóvenes formaban pequeños grupos alrededor de un viejo kiosco de hierro.

Cayetano recorrió una calle paralela a la del *night-club*. Pasó frente a un Spa (sólo para caballeros), dos discotecas, varias pizzerías. «Zona roja» —decía una pinta en un muro de adobe blanqueado—, «Perros sucios».

Cuando se hizo de noche se dirigió al Blak Kat. En la acera de enfrente, recostados en las portezuelas de una blazer blindada, había dos guardaespaldas de trajes oscuros; otro estaba doblando concienzudamente un pañuelo sobre el capó. En la puerta, un sacabolos bajo y corpulento cacheó a Cayetano antes de dejarle pasar.

La música —tecno-rumba— retumbaba; sintió que los *woofers* hacían vibrar la tela de su camisa. El aire acondicionado tenía un odorante barato con insinuaciones de coco y de vainilla. Esto era una playa en el Caribe, con un mar azul en la pared del fondo y palmeras pintadas en las columnas bajo un cielo falso en el que titilaban estrellas de fantasía.

Ámbar se estaba preparando para salir a la pista principal, decía la voz forzada de un animador. A un lado de la barra, una pantalla de plasma largaba un porno-clip de playa. Una esfera de espejos suspendida del techo de lámina giraba en lo alto. Había un piso superior, con balcones VIP que dominaban la pista. Allí arriba, instalado en una especie de palco, estaba otro cliente. Debía de ser un político, pensó: la blazer y los guardaespaldas eran suyos.

La música cambió: un perreo insolente. El posible político parecía hipnotizado por la luz de las esferas giratorias que titilaban frente a él. Un mesero en uniforme blanco y pajarita se acercó a Cayetano. Ámbar apareció. Era hermosa, todavía, y una bailarina imponente. Podría trabajar en un circo, pensó. Hasta el mesero la miraba, boquiabierto.

—¿Me la puede llamar?

—Está comprometida —fue la respuesta—. No tardan en salir las otras.

—Sólo quiero invitarla a una copa. —Puso tres billetes de cien quetzales sobre la mesita de vidrio negro—. Y me sirve un whisky.

Con un gesto poco amistoso el otro tomó el dinero y lo guardó en la cartera. «Voy a ver», dijo entre dientes. La segunda bailarina salió al escenario con una pieza de punta. No estaba nada mal; tenía el cuerpo de Irina, pensó. Ámbar, sonriente, se acercó a su mesa.

—Vos —dijo, sin ocultar su asombro, pero descartándolo con desenfado—. Qué estás haciendo aquí. ¿Y esa botella? ¿Cargás pisto? Muy bien. —Se sentó.

Cayetano miró la botella, cerró y abrió los ojos.

—Te vio el hijo de la Lencha. Mi mamá me pidió que te hablara. ¿Y ese nombre?

—Me gusta más que el mío —dijo con una mueca su hermana, llamada Josefina en realidad, y se sentó.

—¿Y el niño?

—Es una niña. Está bien.

—¿Cómo se llama?

—Cayetana.

—¿En mi honor?

—¿Creés?

El mesero se acercó de nuevo.

—Vino blanco, gracias —le dijo ella, sin mirarlo.

—¿Dónde la tenés?

Josefina apartó la mirada hacia lo alto.

Cayetano imaginó una habitación en el segundo piso, entre los palcos y la esfera giratoria. Allí dormía una niña de menos de un año, mientras alguien fornicaba en el cuarto contiguo. «Se me hiela el alma», había dicho su madre; a él también, sintió.

—Está bien —dijo ella, y su tono parecía desafiante—. Estamos bien —agregó.

Se sonrió, pero sentía rabia. Dijo no con la cabeza. El mareo estaba ahí.

Una oleada de clientes entró de pronto en el Blak Kat —desfilaron hacia una pista secundaria en el fondo del local, donde otra bailarina comenzaba a bailar.

—¿Me dejás tratar de convencerte? —preguntó Cayetano.

—Vos probá. Pero es poquito el tiempo que tenemos.

¿Qué argumento emplearía? ¿Qué subterfugio iba a encontrar para hacerle comprender que podía sacar provecho de su bonanza y su bondad? ¿Quién sabe si el milagro de convertirla en una mujer virtuosa se le hizo al ahora adinerado Cayetano?

¿Quién?

El político (lo era, en efecto) aguardaba allá arriba en su palco. Él la quería en Chiquimula, y había arreglado las cosas de acuerdo con su deseo; por eso ella estaba allí. Ya tenía que volver a su lado.

—Lo traigo loco —dijo, y sacudió la cabeza con una picardía despreocupada.

Cayetano no dijo nada.

—Disculpame —le dijo ella de pronto. Se puso de pie, y se alejó, desapareció detrás de una cortina de abalorios al final de la barra. «Sólo chicas», decía un letrero de neón. La luz negra de los reflectores se mezclaba con las luces rojas y azules que pulsaban y se reproducían infinitamente en las esferas de selenita multiplicadas entre grandes espejos encontrados, los que lanzaban rayos en todas direcciones como en una guerra entre los mil mundos.

En realidad era una excelente bailarina, pensó Cayetano al verla de nuevo moviéndose al ritmo de una cumbia. Pero el lugar que este pensamiento ocupaba en su cerebro era muy pequeño; en una red amplia y compleja una señal de alarma se había encendido.

Aquél, allá en el fondo, ¿no era Camilo?

Índice

Sobre el autor

Rodrigo Rey Rosa nació en Guatemala en 1958. Después de abandonar la carrera de Medicina en su país, residió en Nueva York (donde estudió Cine) y en Tánger. En su primer viaje a Marruecos, en 1980, conoció a Paul Bowles, quien tradujo sus tres primeras obras al inglés. Entre sus novelas y libros de relatos, traducidos a varios idiomas, destacan *El cuchillo del mendigo; El agua quieta* (1992), *Cárcel de árboles* (1992), *Lo que soñó Sebastián* (1994, cuya adaptación cinematográfica dirigida por él mismo se presentó en el Festival de Sundance del 2004), *El cojo bueno* (Alfaguara, 1995), *Que me maten si...* (1996), *Ningún lugar sagrado* (1998), *La orilla africana* (1999), *Piedras encantadas* (2001), *Caballeriza* (2006), El material humano (2009) y *Severina* (Alfaguara, 2011). Ha sido traductor de autores como Paul Bowles, Norman Lewis, Paul Léautaud y François Augiéras. Su obra le ha valido el reconocimiento unánime de la crítica internacional y el Premio Nacional de Literatura de Guatemala Miguel Ángel Asturias en 2004.

Alfaguara es un sello editorial del Grupo Santillana

www.alfaguara.com

Argentina
www.alfaguara.com/ar
Av. Leandro N. Alem, 720
C 1001 AAP Buenos Aires
Tel. (54 11) 41 19 50 00
Fax (54 11) 41 19 50 21

Bolivia
www.alfaguara.com/bo
Calacoto, calle 13 n° 8078
La Paz
Tel. (591 2) 279 22 78
Fax (591 2) 277 10 56

Chile
www.alfaguara.com/cl
Dr. Aníbal Ariztía, 1444
Providencia
Santiago de Chile
Tel. (56 2) 384 30 00
Fax (56 2) 384 30 60

Colombia
www.alfaguara.com/co
Carrera 11 A, n.° 98-50. Oficina 501
Bogotá. Colombia
Tel. (57 1) 705 77 77
Fax (57 1) 236 93 82

Costa Rica
www.alfaguara.com/cas
La Uruca
Del Edificio de Aviación Civil 200 metros
   Oeste
San José de Costa Rica
Tel. (506) 22 20 42 42 y 25 20 05 05
Fax (506) 22 20 13 20

Ecuador
www.alfaguara.com/ec
Avda. Eloy Alfaro, N 33-347 y Avda. 6 de
   Diciembre
Quito
Tel. (593 2) 244 66 56
Fax (593 2) 244 87 91

El Salvador
www.alfaguara.com/can
Siemens, 51
Zona Industrial Santa Elena
Antiguo Cuscatlán – La Libertad
Tel. (503) 2 505 89 y 2 289 89 20
Fax (503) 2 278 60 66

España
www.alfaguara.com/es
Avenida de los Artesanos, 6
28760 Tres Cantos (Madrid)
Tel. (34 91) 744 90 60
Fax (34 91) 744 92 24

Estados Unidos
www.alfaguara.com/us
2023 N.W. 84th Avenue
Miami, FL 33122
Tel. (1 305) 591 95 22 y 591 22 32
Fax (1 305) 591 91 45

Guatemala
www.alfaguara.com/can
26 avenida 2-20
Zona n° 14
Guatemala CA
Tel. (502) 24 29 43 00
Fax (502) 24 29 43 03

Honduras
www.alfaguara.com/can
Colonia Tepeyac Contigua a Banco
   Cuscatlán
Frente Iglesia Adventista del Séptimo Día,
   Casa 1626
Boulevard Juan Pablo Segundo
Tegucigalpa, M. D. C.
Tel. (504) 239 98 84

México
www.alfaguara.com/mx
Avda. Río Mixcoac, 274
Colonia Acacias
03240 Benito Juárez México D.F.
Tel. (52 5) 554 20 75 30
Fax (52 5) 556 01 10 67

Panamá
www.alfaguara.com/cas
Vía Transísmica, Urb. Industrial Orillac,
Calle segunda, local 9
Ciudad de Panamá
Tel. (507) 261 29 95

Paraguay
www.alfaguara.com/py
Avda. Venezuela, 276,
entre Mariscal López y España
Asunción
Tel./fax (595 21) 213 294 y 214 983

Perú
www.alfaguara.com/pe
Avda. Primavera 2160
Santiago de Surco
Lima 33
Tel. (51 1) 313 40 00
Fax (51 1) 313 40 01

Puerto Rico
www.alfaguara.com/mx
Avda. Roosevelt, 1506
Guaynabo 00968
Tel. (1 787) 781 98 00
Fax (1 787) 783 12 62

República Dominicana
www.alfaguara.com/do
Juan Sánchez Ramírez, 9
Gazcue
Santo Domingo R.D.
Tel. (1809) 682 13 82
Fax (1809) 689 10 22

Uruguay
www.alfaguara.com/uy
Juan Manuel Blanes 1132
11200 Montevideo
Tel. (598 2) 410 73 42
Fax (598 2) 410 86 83

Venezuela
www.alfaguara.com/ve
Avda. Rómulo Gallegos
Edificio Zulia, 1°
Boleita Norte
Caracas
Tel. (58 212) 235 30 33
Fax (58 212) 239 10 51

Este libro se terminó de imprimir en Agosto de 2012
en Editorial Penagos S.A. de C.V. Lago Wetter
No. 152, Col. Pensil, C.P. 11490 México, D.F.